Guy de Maupassant
La Morte
et autres nouvelles fantastiques

Anthologie

LE DOSSIER

Quatre nouvelles fantastiques

L'ENQUÊTE

Les fous et la folie au XIXe siècle

Notes et dossier
Éric Sala
certifié de lettres modernes

Collection dirigée par
Bertrand Louët

HATIER

Sommaire

OUVERTURE

Vincent Van Gogh (1853-1890), « Autoportrait à l'oreille coupée », peinture, 1889, Londres, Courtauld Institute.

ISBN : 978-2-218-94330-0

La Morte
et autres nouvelles fantastiques

* Tous les mots suivis d'un * sont expliqués dans le lexique p. 95.

Qui sont les personnages ?

La Morte

LE NARRATEUR
Désespéré par le décès de sa maîtresse puis profondément ébranlé par la nuit passée au cimetière, il semble incapable de retrouver son calme.

LA MAÎTRESSE
Le narrateur la voit sortir de sa tombe et lui révéler son infidélité.

La Main

LE NARRATEUR
M. Bermutier, juge d'instruction, se présente comme un rationaliste, qui ne croit pas au surnaturel.

LA MAIN
Les circonstances de la mort de Sir John Rowell peuvent laisser croire que cette main séchée, qui a appartenu à son pire ennemi, est encore vivante.

SIR JOHN ROWELL
Aventurier anglais, il a beaucoup voyagé et chassé.

Apparition

LE NARRATEUR

Le marquis de la Tour-Samuel a désormais quatre-vingt-deux ans mais reste marqué par une histoire de sa jeunesse.

L'AMI

Cet ami de jeunesse du narrateur est un jeune homme prématurément vieilli par le chagrin lié à la mort de sa femme.

LA FEMME

Apparition fantomatique, elle inspire la pitié par la souffrance qu'elle dit endurer.

Qui sait ?

LE NARRATEUR

Il aime la solitude et préfère la compagnie des objets. L'histoire qu'il a vécue et qu'il raconte dans une maison de santé semble l'avoir fait basculer dans la folie.

L'ANTIQUAIRE

D'un physique inquiétant, c'est un personnage qui apparaît et disparaît mystérieusement.

Quelles sont les histoires ?

Les circonstances

Tous ces récits se déroulent à une époque contemporaine de celle de l'auteur : la seconde moitié du XIXe siècle. Racontés à la première personne, par un narrateur, qui est aussi un personnage de l'histoire, ils mettent en scène des phénomènes très étranges...

L'action

« La Morte » : le narrateur évoque le souvenir de sa maîtresse décédée quelque temps plus tôt. Inconsolable, il décide alors de se rendre sur sa tombe et d'y passer la nuit pour lui faire ses adieux et assiste alors à une scène incroyable.

« La Main » : M. Bermutier, juge d'instruction, raconte l'étrange affaire à laquelle il s'est trouvé confronté lorsqu'il était en fonction en Corse. Ayant fait la connaissance d'un Anglais excentrique, il remarque que celui-ci possède un objet inhabituel : une main humaine. Quelques mois plus tard, on découvre le cadavre de l'homme, assassiné dans d'étranges circonstances.

« Le Horla », dessin de Julian Damazy, gravé sur bois par Georges Lemoine, 1908.

Le but

Dans chacune de ces nouvelles, Maupassant fait relater, par un narrateur qui les a vécus, des événements extraordinaires et inexplicables. Tout du long des récits, le lecteur hésite sur leur degré de réalité : est-ce le narrateur qui divague ? Est-il victime d'hallucinations ? Ou s'agit-il de manifestations de forces surnaturelles ? Les récits ne fournissent pas de réponse : cette hésitation est propre au genre fantastique. Certaines nouvelles sont aussi l'occasion d'une réflexion sur la condition humaine, l'amour, la vérité et le mensonge.

« Apparition » : le vieux baron de la Tour-Samuel raconte comment, dans sa jeunesse, allant chercher des lettres dans une maison déserte pour un ami, il y a rencontré l'epouse de ce dernier morte auparavant.

« Qui sait ? » : le narrateur entre chez lui un soir, tard, et assiste à un bien curieux manège : ses meubles fuient la maison. Pensant être fatigué et malade des nerfs, il décide de partir en voyage pour oublier cette aventure extraordinaire. Revenant en France après plusieurs mois, il retrouve ses meubles chez un étrange antiquaire.

Qui est l'auteur ?

Guy de Maupassant (1850-1893)

● UNE ENFANCE NORMANDE

Né le 5 août 1850 à Tourville-sur-Arques, Maupassant passe son enfance dans la campagne normande, où il parle le patois avec les paysans, et au bord de mer, à Étretat. En 1869, il part étudier le droit à Paris.

● L'ENTRÉE EN LITTÉRATURE

Revenu de la guerre de 1870 contre la Prusse, Maupassant s'installe à Paris où il rencontre grâce à l'écrivain Flaubert, un ami de sa mère, les romanciers des écoles réaliste et naturaliste, dont Zola. Il débute dans la littérature et le journalisme en écrivant des articles pour *Le Figaro* notamment. En 1879, il publie *Histoire du bon vieux temps*, son premier livre, et participe l'année suivante au recueil collectif des écrivains naturalistes : *Les Soirées de Médan* avec sa nouvelle, « Boule de Suif ». Il publie en dix ans six romans et plus de trois cents nouvelles. Ses romans, *Une Vie* (1877) et *Bel-Ami* (1885) connaissent un succès considérable.

● UN CORPS ET UN ESPRIT SOUFFRANTS

En janvier 1881, Maupassant souffre de violentes migraines et de névralgies des yeux, les douleurs ne cessent de croître et de s'étendre, évoluant en paralysies partielles. Parallèlement, sa santé mentale semble vaciller. Après une crise nocturne, Guy de Maupassant est interné le 6 janvier 1892 dans la clinique du docteur Blanche où il meurt le 6 juillet 1893.

VIE DE MAUPASSANT	**1850** Naissance de Guy de Maupassant	**1879** Publication de *Histoire du bon vieux temps*	**1880** Publication de « Boule de Suif »	**1881** Premières migraines et début des problèmes de santé	**1883** Publication de *Une V* et de *Contes de la Bécasse*
HISTOIRE	**1830** Début de la conquête de l'Algérie	**1848** Révolution et instauration de la Deuxième République	**1851** Coup d'État de Louis-Napoléon Bonaparte et début du Second Empire	**1857** Gustave Flaubert, *Madame Bovary*	**1870** Guerre contre la Prusse – chute du Second Empire

Que se passe-t-il à l'époque ?

Sur le plan politique

● DE RÉVOLUTION EN COUP D'ÉTAT

Trois régimes politiques se succèdent : la monarchie, la République et l'Empire. Après un coup d'État, Louis-Napoléon Bonaparte instaure le Second Empire le 2 décembre 1852 et règne sous le nom de Napoléon III.

● GUERRE ET RÉPUBLIQUE

En juillet 1870, la guerre franco-prussienne et déclarée. Napoléon III est fait prisonnier : c'est la chute de l'Empire et le retour de la République. En 1871, des émeutes éclatent : c'est la commune de Paris.

● L'ÉVOLUTION SOCIALE

L'industrialisation entraîne la création d'une nouvelle classe sociale : le prolétariat, c'est-à-dire les ouvriers des nombreuses usines.

Dans le domaine des lettres

● LE RÉALISME ET LE NATURALISME

À partir de 1850, le réalisme connaît un réel essor (Flaubert, les frères Goncourt). Un autre courant en découle : le naturalisme (Zola).

● L'ÉMERGENCE DU FANTASTIQUE

Le fantastique connaît un développement fulgurant au début du XIXe siècle avec les *Contes Fantastiques* d'Hoffmann. Les thèmes abordés évoluent ensuite vers un questionnement sur l'individu au travers de récits sur la folie.

● L'ESSOR DE LA PRESSE

À la fin du XIXe siècle, la presse se développe : les écrivains publient sous forme de feuilleton et touchent un public plus large. De même, le fait divers influence les écrivains.

1884	1885	1885-1887	1892	1893
Publication de *Un Fou ?*	Publication de *Lettre d'un fou* et de *Bel-Ami*	Publication du *Horla*	Internement de Maupassant chez le docteur Blanche	Mort de Guy de Maupassant

1871	1881	1882	1885
Instauration de la Troisième République	Loi sur la liberté de la presse	Loi organisant l'enseignement primaire	Émile Zola, *Germinal*

La Morte

et autres nouvelles fantastiques

La Morte

paru dans *Gil Blas*, le 31 mai 1887

Je l'avais aimée éperdument ! Pourquoi aime-t-on ? Est-ce bizarre de ne plus voir dans le monde qu'un être, de n'avoir plus dans l'esprit qu'une pensée, dans le cœur qu'un désir, et dans la bouche qu'un nom : un nom qui monte incessamment[1], qui monte, comme l'eau d'une source, des profondeurs de l'âme, qui monte aux lèvres, et qu'on dit, qu'on redit, qu'on murmure sans cesse, partout, ainsi qu'une prière.

Je ne conterai point notre histoire. L'amour n'en a qu'une, toujours la même. Je l'avais rencontrée et aimée. Voilà tout. Et j'avais vécu pendant un an dans sa tendresse, dans ses bras, dans sa caresse, dans son regard, dans ses robes, dans sa parole, enveloppé, lié, emprisonné dans tout ce qui venait d'elle, d'une façon si complète que je ne savais plus s'il faisait jour ou nuit, si j'étais mort ou vivant, sur la vieille terre ou ailleurs.

Et voilà qu'elle mourut. Comment ? Je ne sais pas, je ne sais plus●.

Elle rentra mouillée, un soir de pluie, et le lendemain, elle toussait. Elle toussa pendant une semaine environ et prit le lit.

Que s'est-il passé ? Je ne sais plus.

Des médecins venaient, écrivaient, s'en allaient. On apportait des remèdes ; une femme les lui faisait boire. Ses mains étaient

1. **Incessamment** : sans cesse, continuellement.

● **Le narrateur emploie un présent d'énonciation ce qui prouve qu'au moment où il raconte l'histoire, il est encore extrêmement bouleversé. Il ne sera donc peut-être pas objectif dans la suite de l'histoire.**

chaudes, son front brûlant et humide, son regard brillant et triste. Je lui parlais, elle me répondait. Que nous sommes-nous dit ? Je ne sais plus. J'ai tout oublié, tout, tout ! Elle mourut●, je me rappelle très bien son petit soupir, son petit soupir si faible, le dernier.

La garde dit : « Ah ! » Je compris, je compris ! Je n'ai plus rien su. Rien. Je vis un prêtre qui prononça ce mot : « Votre maîtresse.[1] » Il me sembla qu'il l'insultait. Puisqu'elle était morte on n'avait plus le droit de savoir cela. Je le chassai. Un autre vint qui fut très bon, très doux. Je pleurai quand il me parla d'elle.

On me consulta sur mille choses pour l'enterrement. Je ne sais plus.

Je me rappelle cependant très bien le cercueil, le bruit des coups de marteau quand on la cloua dedans. Ah ! mon Dieu !

Elle fut enterrée ! enterrée ! Elle ! dans ce trou ! Quelques personnes étaient venues, des amies. Je me sauvai. Je courus.

Je marchai longtemps à travers des rues. Puis je rentrai chez moi.

Le lendemain je partis pour un voyage.

Hier, je suis rentré à Paris●. Quand je revis ma chambre, notre chambre, notre lit, nos meubles, toute cette maison où était resté tout ce qui reste de la vie d'un être après sa mort, je fus saisi par un retour de chagrin si violent que je faillis ouvrir la fenêtre et me jeter dans la rue. Ne pouvant plus demeurer au milieu de ces choses, de ces murs qui l'avaient enfermée, abritée, et qui devaient garder dans leurs imperceptibles[2] fissures mille atomes d'elle, de sa chair et de son souffle, je pris mon chapeau, afin de

1. **Maîtresse :** le terme est péjoratif puisqu'il désigne une femme non mariée et qui, d'après la religion, vit dans le péché. Cela explique la réaction du narrateur.
2. **Imperceptibles :** à peine visibles.

● **À l'époque, on meurt fréquemment de refroidissements et de maladies infectieuses.**

● **Par ce passé composé, le narrateur évoque le passé proche puis il utilise à nouveau le passé simple, lorsqu'il reprend le cours du récit.**

me sauver. Tout à coup, au moment d'atteindre la porte, je passai devant la grande glace du vestibule[1] qu'elle avait fait poser là pour se voir, des pieds à la tête, chaque jour, en sortant, pour voir si toute sa toilette[2] allait bien, était correcte et jolie, des bottines à la coiffure.

Et je m'arrêtai net en face de ce miroir qui l'avait souvent reflétée. Si souvent, si souvent, qu'il avait dû garder aussi son image.

J'étais là debout, frémissant, les yeux fixés sur le verre, sur le verre plat, profond, vide, mais qui l'avait contenue tout entière, possédée autant que moi, autant que mon regard passionné. Il me sembla que j'aimais cette glace – je la touchai, – elle était froide ! Oh ! le souvenir ! le souvenir ! miroir douloureux, miroir brûlant, miroir vivant, miroir horrible, qui fait souffrir toutes les tortures ! Heureux les hommes dont le cœur, comme une glace où glissent et s'effacent les reflets, oublie tout ce qu'il a contenu, tout ce qui a passé devant lui, tout ce qui s'est contemplé, miré dans son affection, dans son amour ! Comme je souffre !

Je sortis et, malgré moi, sans savoir, sans le vouloir, j'allai vers le cimetière.

Je trouvai sa tombe toute simple, une croix de marbre, avec ces quelques mots : « Elle aima, fut aimée, et mourut. »

Elle était là, là-dessous, pourrie ! Quelle horreur ! Je sanglotais, le front sur le sol.

J'y restai longtemps, longtemps. Puis je m'aperçus que le soir venait. Alors un désir bizarre, fou, un désir d'amant désespéré s'empara de moi. Je voulus passer la nuit près d'elle, dernière nuit, à pleurer sur sa tombe. Mais on me verrait, on me chasserait. Comment faire ?

1. **Vestibule** : entrée, hall.
2. **Sa toilette** : ce terme désigne la manière dont une femme est vêtue et apprêtée.

Je fus rusé. Je me levai et me mis à errer dans cette ville des disparus. J'allais, j'allais. Comme elle est petite cette ville à côté de l'autre, celle où l'on vit. Et pourtant comme ils sont plus nombreux que les vivants, ces morts. Il nous faut de hautes maisons, des rues, tant de place, pour les quatre générations qui regardent le jour en même temps, boivent l'eau des sources, le vin des vignes et mangent le pain des plaines.

Et pour toutes les générations des morts, pour toute l'échelle de l'humanité descendue jusqu'à nous, presque rien, un champ, presque rien ! La terre les reprend, l'oubli les efface. Adieu !

Au bout du cimetière habité, j'aperçus tout à coup le cimetière abandonné, celui où les vieux défunts achèvent de se mêler au sol, où les croix elles-mêmes pourrissent, où l'on mettra demain les derniers venus. Il est plein de roses libres, de cyprès[1] vigoureux et noirs, un jardin triste et superbe, nourri de chair humaine.

J'étais seul, bien seul. Je me blottis dans un arbre vert. Je m'y cachai tout entier, entre ces branches grasses et sombres.

Et j'attendis, cramponné au tronc comme un naufragé sur une épave.

Quand la nuit fut noire, très noire, je quittai mon refuge et me mis à marcher doucement, à pas lents, à pas sourds, sur cette terre pleine de morts.

J'errai longtemps, longtemps, longtemps. Je ne la retrouvais pas. Les bras étendus, les yeux ouverts, heurtant des tombes avec mes mains, avec mes pieds, avec mes genoux, avec ma poitrine, avec ma tête elle-même, j'allais sans la trouver. Je touchais, je palpais comme un aveugle qui cherche sa route, je palpais des

1. **Cyprès** : arbre de la famille des conifères. Symbole d'immortalité, cet arbre est répandu dans les cimetières.

pierres, des croix, des grilles de fer, des couronnes de verre, des couronnes de fleurs fanées ! Je lisais les noms avec mes doigts, en les promenant sur les lettres. Quelle nuit ! quelle nuit ! Je ne la retrouvais pas !

Pas de lune ! Quelle nuit ! J'avais peur, une peur affreuse dans ces étroits sentiers, entre deux lignes de tombes ! Des tombes ! des tombes ! des tombes. Toujours des tombes ! À droite, à gauche, devant moi, autour de moi, partout, des tombes ! Je m'assis sur une d'elles, car je ne pouvais plus marcher tant mes genoux fléchissaient.

J'entendais battre mon cœur ! Et j'entendais autre chose aussi ! Quoi ? un bruit confus innommable[1] ! Était-ce dans ma tête affolée, dans la nuit impénétrable, ou sous la terre mystérieuse, sous la terre ensemencée[2] de cadavres humains, ce bruit ? Je regardais autour de moi !

Combien de temps suis-je resté là ? Je ne sais pas. J'étais paralysé par la terreur, j'étais ivre d'épouvante, prêt à hurler, prêt à mourir.

Et soudain il me sembla que la dalle de marbre sur laquelle j'étais assis remuait. Certes, elle remuait, comme si on l'eût soulevée. D'un bond je me jetai sur le tombeau voisin, et je vis, oui, je vis la pierre que je venais de quitter se dresser toute droite ; et le mort apparut, un squelette nu qui, de son dos courbé la rejetait. Je voyais, je voyais très bien, quoique la nuit fût profonde. Sur la croix je pus lire : « Ici repose Jacques Olivant, décédé à l'âge de cinquante et un ans. Il aimait les siens, fut honnête et bon, et mourut dans la paix du Seigneur. »

1. **Innommable** : littéralement « que l'on ne peut nommer », c'est-à-dire que l'on ne peut identifier.
2. **Terre ensemencée** : les cadavres sont nombreux comme des semences que l'on aurait enfouies dans la terre.

Année 1887. — N° 64 — Le Numéro (15 Pages de texte) : 15 cent. — Jeudi 11 Août 1887.

LA VIE POPULAIRE

PARAIT DEUX FOIS PAR SEMAINE
Le JEUDI et le DIMANCHE
Elle est mise en vente tous les Mercredis et Samedis

DIRECTION :
18, rue d'Enghien, 18
PARIS

ABONNEMENTS : Paris et Dép^ts. 6 m. 9 fr. — 12 m. 16 fr. / Union postale. » 11 fr. — » 20 fr
On s'abonne sans frais dans tous les bureaux de poste.

SOMMAIRE : — I. Histoire de la semaine : La Moisson au bord de la mer, par Alphonse Daudet. — II. La Morte, par Guy de Maupassant. — III. Vous et Moi, par Louis Dépret. — IV. L'Inconnu, par Paul Hervieu. — V. Frankley, par Henry Gréville. — VI. Candidat, par Jules Claretie. — VII. La Mal'aria, par Henri Rochefort. — VIII. Anna Karénine, roman traduit du russe, par le Comte Léon Tolstoï.

LA MORTE, PAR GUY DE MAUPASSANT

(Voir page 179)

« La Vie populaire », illustration de Louis Montegut, 1887.

Maintenant le mort aussi lisait les choses écrites sur son tombeau. Puis il ramassa une pierre dans le chemin, une petite pierre aiguë, et se mit à les gratter avec soin, ces choses. Il les effaça tout à fait, lentement, regardant de ses yeux vides la place où tout à l'heure elles étaient gravées ; et du bout de l'os qui avait été son index, il écrivit en lettres lumineuses comme ces lignes qu'on trace aux murs avec le bout d'une allumette● :

« Ici repose Jacques Olivant, décédé à l'âge de cinquante et un ans. Il hâta[1] par ses duretés la mort de son père dont il désirait hériter, il tortura sa femme, tourmenta ses enfants, trompa ses voisins, vola quand il le put et mourut misérable. »

Quand il eut achevé d'écrire, le mort immobile contempla son œuvre. Et je m'aperçus, en me retournant, que toutes les tombes étaient ouvertes, que tous les cadavres en étaient sortis, que tous avaient effacé les mensonges inscrits par les parents sur la pierre funéraire, pour y rétablir la vérité.

Et je voyais que tous avaient été les bourreaux de leurs proches, haineux, déshonnêtes, hypocrites, menteurs, fourbes[2], calomniateurs[3], envieux, qu'ils avaient volé, trompé, accompli tous les actes honteux, tous les actes abominables, ces bons pères, ces épouses fidèles, ces fils dévoués, ces jeunes filles chastes[4], ces commerçants probes[5], ces hommes et ces femmes dits irréprochables.

Ils écrivaient tous en même temps, sur le seuil de leur demeure éternelle[6], la cruelle, terrible et sainte vérité que tout le monde ignore ou feint[7] d'ignorer sur la terre.

1. **Hâta** : accéléra.
2. **Fourbes** : qui trompent en feignant l'honnêteté.
3. **Calomniateurs** : qui formulent des accusations mensongères.
4. **Chastes** : pures.
5. **Probes** : honnêtes.
6. **Le seuil de leur demeure éternelle** : c'est une métaphore qui désigne la pierre tombale.
7. **Feint** : fait semblant.

● **Le bout d'une allumette est fait de phosphore, ce qui rend les caractères tracés par ce moyen visibles dans le noir.**

Je pensai qu'elle aussi avait dû la tracer sur sa tombe.

Et sans peur maintenant, courant au milieu des cercueils entrouverts, au milieu des cadavres, au milieu des squelettes, j'allai vers elle, sûr que je la trouverais aussitôt.

Je la reconnus de loin, sans voir le visage enveloppé du suaire[1].

Et sur la croix de marbre où tout à l'heure j'avais lu : « Elle aima, fut aimée, et mourut. »

J'aperçus :

« Étant sortie un jour pour tromper son amant, elle eut froid sous la pluie, et mourut. »

Il paraît qu'on me ramassa, inanimé, au jour levant, auprès d'une tombe.

1. **Suaire** : pièce d'étoffe dans laquelle on ensevelit les morts ; c'est également sous cette forme qu'on se représente les fantômes.

La Main

paru dans *Gil Blas*, le 18 mars 1885

On faisait cercle autour de M. Bermutier, juge d'instruction, qui donnait son avis sur l'affaire mystérieuse de Saint-Cloud●. Depuis un mois, cet inexplicable crime affolait Paris. Personne n'y comprenait rien.

M. Bermutier, debout, le dos à la cheminée, parlait, assemblait les preuves, discutait les diverses opinions, mais ne concluait pas.

Plusieurs femmes s'étaient levées pour s'approcher et demeuraient debout, l'œil fixé sur la bouche rasée du magistrat d'où sortaient les paroles graves. Elles frissonnaient, vibraient, crispées par leur peur curieuse, par l'avide[1] et insatiable[2] besoin d'épouvante qui hante leur âme, les torture comme une faim●.

Une d'elles, plus pâle que les autres, prononça pendant un silence :

– C'est affreux. Cela touche au « surnaturel[3] ». On ne saura jamais rien.

Le magistrat se tourna vers elle :

– Oui, madame, il est probable qu'on ne saura jamais rien. Quant au mot surnaturel que vous venez d'employer, il n'a rien à faire ici. Nous sommes en présence d'un crime fort habilement conçu, fort habilement exécuté, si bien enveloppé de mystère que nous ne pouvons le dégager des circonstances impénétrables[4] qui

1. **Avide** : ardent, immodéré.
2. **Insatiable** : qui ne peut être satisfait.
3. **Surnaturel** : qui ne peut être expliqué par un phénomène naturel.
4. **Impénétrables** : incompréhensibles, inexplicables.

● **Il s'agit sans doute d'une référence au crime de Saint-Ouen, et non de Saint-Cloud, célèbre affaire à l'époque. Maupassant inscrit ainsi son récit dans un cadre contemporain et réaliste.**

● **Les femmes étaient considérées à l'époque comme des êtres sensibles, à la recherche d'émotions.**

l'entourent. Mais j'ai eu, moi, autrefois, à suivre une affaire où vraiment semblait se mêler quelque chose de fantastique. Il a fallu l'abandonner d'ailleurs, faute de moyens de l'éclaircir.

Plusieurs femmes prononcèrent en même temps, si vite que leurs voix n'en firent qu'une :

– Oh ! dites-nous cela.

M. Bermutier sourit gravement, comme doit sourire un juge d'instruction. Il reprit :

– N'allez pas croire, au moins, que j'aie pu, même un instant, supposer en cette aventure quelque chose de surhumain. Je ne crois qu'aux causes normales. Mais si, au lieu d'employer le mot « surnaturel » pour exprimer ce que nous ne comprenons pas, nous nous servions simplement du mot « inexplicable » cela vaudrait beaucoup mieux. En tout cas, dans l'affaire que je vais vous dire, ce sont surtout les circonstances environnantes, les circonstances préparatoires qui m'ont ému. Enfin, voici les faits :

J'étais● alors juge d'instruction à Ajaccio[1], une petite ville blanche, couchée au bord d'un admirable golfe qu'entourent partout de hautes montagnes.

Ce que j'avais surtout à poursuivre là-bas, c'étaient les affaires de vendetta[2]. Il y en a de superbes, de dramatiques au possible, de féroces, d'héroïques. Nous retrouvons là les plus beaux sujets de vengeance qu'on puisse rêver, les haines séculaires[3], apaisées un moment, jamais éteintes, les ruses abominables, les assassinats devenant des massacres et presque des actions glorieuses. Depuis deux ans, je n'entendais parler que du prix du sang que

1. **Ajaccio** : ville de Corse du sud.
2. **Vendetta** : dans les régions méditerranéennes et particulièrement en Corse, vengeance par le meurtre qui se transmet de génération en génération dans une famille.
3. **Séculaires** : qui remontent à un grand nombre d'années (adjectif en rapport avec le nom « siècle »).

● **Ici commence un récit enchâssé dans le premier récit. Le premier narrateur cède la place à un second narrateur : le juge d'instruction.**

de ce terrible préjugé corse qui force à venger toute injure sur la personne qui l'a faite, sur ses descendants et ses proches. J'avais vu égorger des vieillards, des enfants, des cousins, j'avais la tête pleine de ces histoires.

Or, j'appris un jour qu'un Anglais venait de louer pour plusieurs années une petite villa au fond du golfe. Il avait amené avec lui un domestique français, pris à Marseille en passant.

Bientôt tout le monde s'occupa de ce personnage singulier, qui vivait seul dans sa demeure, ne sortant que pour chasser et pour pêcher. Il ne parlait à personne, ne venait jamais à la ville, et, chaque matin, s'exerçait pendant une heure ou deux, à tirer au pistolet et à la carabine.

Des légendes se firent autour de lui. On prétendit que c'était un haut personnage fuyant sa patrie pour des raisons politiques ; puis on affirma qu'il se cachait après avoir commis un crime épouvantable. On citait même des circonstances particulièrement horribles.

Je voulus, en ma qualité de juge d'instruction, prendre quelques renseignements sur cet homme ; mais il me fut impossible de rien apprendre. Il se faisait appeler sir John Rowell.

Je me contentai donc de le surveiller de près ; mais on ne me signalait, en réalité, rien de suspect à son égard.

Cependant, comme les rumeurs sur son compte continuaient, grossissaient, devenaient générales, je résolus d'essayer de voir moi-même cet étranger, et je me mis à chasser régulièrement dans les environs de sa propriété.

J'attendis longtemps une occasion. Elle se présenta enfin sous la forme d'une perdrix que je tirai et que je tuai devant le nez de l'Anglais. Mon chien me la rapporta ; mais, prenant aussitôt le gibier, j'allai m'excuser de mon inconvenance[1] et prier sir John Rowell d'accepter l'oiseau mort.

C'était un grand homme à cheveux rouges, à barbe rouge, très haut, très large, une sorte d'hercule[2] placide et poli. Il n'avait rien de la raideur dite britannique et il me remercia vivement de la délicatesse en un français accentué d'outre-Manche[3]. Au bout d'un mois, nous avions causé ensemble cinq ou six fois.

Un soir enfin, comme je passais devant sa porte, je l'aperçus qui fumait sa pipe, à cheval sur une chaise, dans son jardin. Je le saluai, et il m'invita à entrer pour boire un verre de bière. Je ne me le fis pas répéter.

Il me reçut avec toute la méticuleuse courtoisie anglaise, parla avec éloge de la France, de la Corse, déclara qu'il aimait beaucoup *cette* pays, et *cette* rivage.

Alors je lui posai, avec de grandes précautions et sous la forme d'un intérêt très vif, quelques questions sur sa vie, sur ses projets. Il répondit sans embarras, me raconta qu'il avait beaucoup voyagé, en Afrique, dans les Indes, en Amérique. Il ajouta en riant :

– J'avé eu bôcoup d'aventures, oh ! yes.

Puis je me remis à parler chasse, et il me donna des détails les plus curieux sur la chasse à l'hippopotame, au tigre, à l'éléphant et même la chasse au gorille.

Je dis :

– Tous les animaux sont redoutables.

1. **Inconvenance** : impolitesse.
2. **Hercule** : héros de la mythologie grecque demi-dieu célèbre pour sa force et ses Douze travaux.
3. **D'outre-Manche** : d'Angleterre.

Maupassant s'amuse ici à reproduire les erreurs qu'un Anglais peut commettre en parlant français (en anglais, les déterminants ne varient pas en genre). Plus loin, il restitue le fort accent de Sir John Rowell.

Il sourit :

– Oh ! nô, le plus mauvais c'été l'homme.

Il se mit à rire tout à fait, d'un bon rire de gros Anglais content :

– J'avé beaucoup chassé l'homme aussi.

Puis il parla d'armes, et il m'offrit d'entrer chez lui pour me montrer des fusils de divers systèmes[1].

Son salon était tendu de noir, de soie noire brodée d'or. De grandes fleurs jaunes couraient sur l'étoffe sombre, brillaient comme du feu.

Il m'annonça :

– C'été une drap japonaise.

Mais, au milieu du plus large panneau, une chose étrange me tira l'œil. Sur un carré de velours rouge, un objet noir se détachait. Je me rapprochai : c'était une main, une main d'homme. Non pas une main de squelette, blanche et propre, mais une main noire desséchée, avec les ongles jaunes, les muscles à nu et des traces de sang ancien, de sang pareil à une crasse, sur les os coupés net, comme d'un coup de hache, vers le milieu de l'avant-bras.

Autour du poignet, une énorme chaîne de fer, rivée, soudée à ce membre mal propre, l'attachait au mur par un anneau assez fort pour tenir un éléphant en laisse.

Je demandai :

– Qu'est-ce que cela ?

L'Anglais répondit tranquillement :

– C'été ma meilleur ennemi. Il vené d'Amérique. Il avé été fendu avec le sabre et arraché la peau avec un caillou coupante, et séché dans le soleil pendant huit jours. Aoh, très bonne pour moi, cette.

1. **Systèmes** : types de mécaniques utilisées pour réaliser ces armes.

Je touchai ce débris humain qui avait dû appartenir à un colosse. Les doigts, démesurément longs, étaient attachés par des tendons énormes que retenaient des lanières de peau par places. Cette main était affreuse à voir, écorchée ainsi, elle faisait penser naturellement à quelque vengeance de sauvage.

Je dis :

– Cet homme devait être très fort.

L'Anglais prononça avec douceur :

– Aoh yes ; mais je été plus fort que lui. J'avé mis cette chaîne pour le tenir.

Je crus qu'il plaisantait. Je dis :

– Cette chaîne maintenant est bien inutile, la main ne se sauvera pas.

Sir John Rowell reprit gravement :

– Elle voulé toujours s'en aller. Cette chaîne été nécessaire.

D'un coup d'œil rapide j'interrogeai son visage, me demandant :

– Est-ce un fou, ou un mauvais plaisant ? Mais la figure demeurait impénétrable[1], tranquille et bienveillante. Je parlai d'autre chose et j'admirai les fusils.

Je remarquai cependant que trois revolvers chargés étaient posés sur les meubles, comme si cet homme eût vécu dans la crainte constante d'une attaque.

Je revins plusieurs fois chez lui. Puis je n'y allais plus. On s'était accoutumé à sa présence ; il était devenu indifférent à tous.

Une année entière s'écoula. Or un matin, vers la fin de novembre, mon domestique me réveilla en m'annonçant que sir John Rowell avait été assassiné dans la nuit.

1. **Impénétrable** : dont on ne peut lire les pensées ou les intentions.

Une demi-heure plus tard, je pénétrais dans la maison de l'Anglais avec le commissaire central et le capitaine de gendarmerie. Le valet, éperdu et désespéré pleurait devant la porte. Je soupçonnai d'abord cet homme, mais il était innocent.

On ne put jamais trouver le coupable.

En entrant dans le salon de sir John, j'aperçus du premier coup d'œil le cadavre étendu sur le dos, au milieu de la pièce.

Le gilet était déchiré, une manche arrachée pendait, tout annonçait qu'une lutte terrible avait eu lieu.

L'Anglais était mort étranglé ! Sa figure noire et gonflée, effrayante, semblait exprimer une épouvante abominable ; il tenait entre ses dents serrées quelque chose ; et le cou, percé de cinq trous qu'on aurait dits faits avec des pointes de fer, était couvert de sang.

Un médecin nous rejoignit. Il examina longtemps les traces des doigts dans la chair et prononça ces étranges paroles :

– On dirait qu'il a été étranglé par un squelette.

Un frisson me passa dans le dos, et je jetai les yeux sur le mur, à la place où j'avais vu jadis l'horrible main d'écorché[1]. Elle n'y était plus. La chaîne, brisée, pendait.

Alors je me baissai vers le mort, et je trouvai dans sa bouche crispée un des doigts de cette main disparue, coupé ou plutôt scié par les dents juste à la deuxième phalange.

Puis on procéda aux constatations. On ne découvrit rien. Aucune porte n'avait été forcée, aucune fenêtre, aucun meuble, les deux chiens de garde ne s'étaient pas réveillés.

Voici, en quelques mots, la déposition du domestique :

1. **Écorché** : sculpture ou dessin d'un homme qu'on a représenté sans peau.

Depuis un mois, son maître semblait agité. Il avait reçu beaucoup de lettres, brûlées à mesure.

Souvent, prenant une cravache, dans une colère qui semblait de la démence, il avait frappé avec fureur cette main séchée, scellée au mur et enlevée, on ne sait comment, à l'heure même du crime.

Il se couchait fort tard et s'enfermait avec soin. Il avait toujours des armes à portée du bras. Souvent, la nuit, il parlait haut, comme s'il se fût querellé[1] avec quelqu'un.

Cette nuit-là, par hasard, il n'avait fait aucun bruit, et c'est seulement en venant ouvrir les fenêtres que le serviteur avait trouvé sir John assassiné. Il ne soupçonnait personne.

Je communiquai ce que je savais du mort aux magistrats et aux officiers de la force publique, et on fit dans toute l'île une enquête minutieuse. On ne découvrit rien.

1. **Se quereller** : se disputer.

Or, une nuit, trois mois après le crime, j'eus un affreux cauchemar. Il me sembla que je voyais la main, l'horrible main, courir comme un scorpion ou comme une araignée le long de mes rideaux et de mes murs. Trois fois, je me réveillai, trois fois je me rendormis, trois fois je revis le hideux débris galoper autour de ma chambre en remuant les doigts comme des pattes.

Le lendemain, on me l'apporta, trouvé dans le cimetière, sur la tombe de sir John Rowell, enterré là ; car on n'avait pu découvrir la famille. L'index manquait.

Voilà, mesdames, mon histoire. Je ne sais rien de plus.

Les femmes, éperdues[1], étaient pâles, frissonnantes. Une d'elle s'écria :

– Mais ce n'est pas un dénouement cela, ni une explication ! Nous n'allons pas dormir si vous ne nous dites pas ce qui s'était passé selon vous.

Le magistrat sourit avec sévérité :

– Oh ! moi, mesdames, je vais gâter, certes, vos rêves terribles. Je pense tout simplement que le légitime propriétaire de la main n'était pas mort, qu'il est venu la chercher avec celle qui lui restait. Mais je n'ai pu savoir comment il a fait, par exemple●. C'est là une sorte de vendetta.

Une des femmes murmura :

– Non, ça ne doit pas être ainsi.

Et le juge d'instruction, souriant toujours, conclut :

– Je vous avais bien dit que mon explication ne vous irait pas.

1. **Éperdues** : profondément troublées par une émotion violente.

● **Le juge d'instruction, tout en laissant penser qu'il a une explication (« Je pense tout simplement que »), n'explique rien réellement (« Mais je n'ai pas pu savoir comment il a fait »).**

Apparition

paru dans *Le Gaulois*, le 4 avril 1883

On parlait de séquestration[1] à propos d'un procès récent. C'était à la fin d'une soirée intime, rue de Grenelle, dans un ancien hôtel[2], et chacun avait son histoire, une histoire qu'il affirmait vraie.

Alors le vieux marquis de la Tour-Samuel, âgé de quatre-vingt-deux ans, se leva et vint s'appuyer à la cheminée. Il dit de sa voix un peu tremblante :

– Moi aussi, je sais une chose étrange, tellement étrange, qu'elle a été l'obsession de ma vie. Voici maintenant cinquante-six ans que cette aventure m'est arrivée, et il ne se passe pas un mois sans que je la revoie en rêve. Il m'est demeuré de ce jour-là une marque, une empreinte de peur, me comprenez-vous ? Oui, j'ai subi l'horrible épouvante, pendant dix minutes, d'une telle façon que depuis cette heure une sorte de terreur constante m'est restée dans l'âme. Les bruits inattendus me font tressaillir jusqu'au cœur ; les objets que je distingue mal dans l'ombre du soir me donnent une envie folle de me sauver. J'ai peur de la nuit, enfin.

Oh ! je n'aurais pas avoué cela avant d'être arrivé à l'âge où je suis. Maintenant je peux tout dire. Il est permis de n'être pas brave devant les dangers imaginaires. Quand on a quatre-vingt-deux ans. Devant les dangers véritables, je n'ai jamais reculé, Mesdames.

Cette histoire m'a tellement bouleversé l'esprit, a jeté en moi un trouble si profond, si mystérieux, si épouvantable, que je ne

1. **Séquestration** : action d'enfermer et de retenir une personne contre son gré.
2. **Hôtel** : grande et riche maison de ville.

l'ai même jamais racontée. Je l'ai gardée dans le fond intime de moi, dans ce fond où l'on cache les secrets pénibles, les secrets honteux, toutes les inavouables faiblesses que nous avons dans notre existence.

Je vais vous dire l'aventure telle quelle, sans chercher à l'expliquer. Il est bien certain qu'elle est explicable, à moins que je n'aie eu mon heure de folie. Mais non, je n'ai pas été fou, et je vous en donnerai la preuve. Imaginez ce que vous voudrez. Voici les faits tout simples :

« C'était en 1827, au mois de juillet. Je me trouvais à Rouen en garnison[1].

Un jour, comme je me promenais sur le quai, je rencontrai un homme que je crus reconnaître sans me rappeler au juste qui c'était. Je fis, par instinct, un mouvement pour m'arrêter. L'étranger aperçut ce geste, me regarda et tomba dans mes bras.

C'était un ami de jeunesse que j'avais beaucoup aimé. Depuis cinq ans que je ne l'avais vu, il semblait vieilli d'un demi-siècle. Ses cheveux étaient tout blancs ; et il marchait courbé, comme épuisé. Il comprit ma surprise et me conta sa vie. Un malheur terrible l'avait brisé.

Devenu follement amoureux d'une jeune fille, il l'avait épousée dans une sorte d'extase de bonheur. Après un an d'une félicité[2] surhumaine et d'une passion inapaisée, elle était morte subitement d'une maladie de cœur, tuée par l'amour lui-même, sans doute.

Il avait quitté son château le jour même de l'enterrement, et il était venu habiter son hôtel[3] de Rouen. Il vivait là, solitaire et

1. **En garnison** : le marquis faisait alors son service militaire.
2. **Félicité** : grand bonheur.
3. **Hôtel** : il s'agit d'un hôtel particulier, c'est-à-dire une luxueuse maison de ville.

désespéré, rongé par la douleur, si misérable qu'il ne pensait qu'au suicide.

– Puisque je te retrouve ainsi, me dit-il, je te demanderai de me rendre un grand service, c'est d'aller chercher chez moi dans le secrétaire[1] de ma chambre, de notre chambre, quelques papiers dont j'ai un urgent besoin. Je ne puis charger de ce soin un subalterne ou un homme d'affaires, car il me faut une impénétrable discrétion et un silence absolu. Quant à moi, pour rien au monde je ne rentrerai dans cette maison.

Je te donnerai la clef de cette chambre que j'ai fermée moi-même en partant, et la clef de mon secrétaire. Tu remettras en outre un mot de moi à mon jardinier qui t'ouvrira le château.

Mais viens déjeuner avec moi demain, et nous causerons de cela.

Je lui promis de lui rendre ce léger service. Ce n'était d'ailleurs qu'une promenade pour moi, son domaine se trouvant situé à cinq lieues[2] de Rouen environ. J'en avais pour une heure à cheval.

À dix heures, le lendemain, j'étais chez lui. Nous déjeunâmes en tête à tête ; mais il ne prononça pas vingt paroles. Il me pria de l'excuser ; la pensée de la visite que j'allais faire dans cette chambre, où gisait son bonheur, le bouleversait, me disait-il. Il me parut en effet singulièrement[3] agité, préoccupé, comme si un mystérieux combat se fût livré dans son âme.

Enfin il m'expliqua exactement ce que je devais faire. C'était bien simple. Il me fallait prendre deux paquets de lettres et une liasse de papiers enfermés dans le premier tiroir de droite du meuble dont j'avais la clef. Il ajouta :

– Je n'ai pas besoin de te prier de n'y point jeter les yeux.

1. **Secrétaire** : meuble contenant des documents personnels.
2. **Lieue** : unité de mesure équivalant à environ quatre kilomètres.
3. **Singulièrement** : curieusement.

Je fus presque blessé de cette parole, et je le lui dis un peu vivement. Il balbutia :

– Pardonne-moi, je souffre trop.

Et il se mit à pleurer.

Je le quittai vers une heure pour accomplir ma mission.

Il faisait un temps radieux, et j'allais au grand trot à travers les prairies, écoutant les chants d'alouettes et le bruit rythmé de mon sabre sur ma botte•.

Puis j'entrai dans la forêt et je mis au pas mon cheval. Des branches d'arbres me caressaient le visage ; et parfois j'attrapais une feuille avec mes dents et je la mâchais avidement, dans une de ces joies de vivre qui vous emplissent, on ne sait pourquoi, d'un bonheur tumultueux et comme insaisissable, d'une sorte d'ivresse de force.

En approchant du château, je cherchais dans ma poche la lettre que j'avais pour le jardinier, et je m'aperçus avec étonnement qu'elle était cachetée[1]. Je fus tellement surpris et irrité que je faillis revenir sans m'acquitter de ma commission. Puis je songeais que j'allais montrer là une susceptibilité[2] de mauvais goût. Mon ami avait pu d'ailleurs fermer ce mot sans y prendre garde, dans le trouble où il était.

Le manoir semblait abandonné depuis vingt ans. La barrière ouverte et pourrie, tenait debout on ne sait comment. L'herbe emplissait les allées ; on ne distinguait plus les plates-bandes du gazon.

Au bruit que je fis en tapant à coups de pied dans un volet, un vieil homme sortit d'une porte de côté et parut stupéfait de me voir. Je sautai à terre et je remis ma lettre. Il la lut, la relut,

1. **Cachetée** : collée ou fermée par un cachet de cire. Son ami ne semble pas lui faire confiance, c'est ce qui irrite le narrateur.
2. **Susceptibilité** : fait de se vexer facilement.

• **Le narrateur effectue son service militaire dans la cavalerie et porte donc un sabre.**

la retourna, me considéra en dessous, mit le papier dans sa poche et prononça :

– Et bien ! qu'est-ce que vous désirez ?

Je répondis brusquement :

– Vous devez le savoir, puisque vous avez reçu là-dedans les ordres de votre maître ; je veux entrer dans ce château.

Il semblait atterré[1]. Il déclara :

– Alors, vous allez dans... dans sa chambre ?

Je commençais à m'impatienter.

– Parbleu ! Mais est-ce que vous auriez l'intention de m'interroger, par hasard ?

Il balbutia :

– Non... Monsieur... mais c'est que... c'est qu'elle n'a pas été ouverte depuis... depuis la... mort. Si vous voulez m'attendre cinq minutes, je vais aller... aller voir si...

Je l'interrompis avec colère :

– Ah ! ça, voyons, vous fichez-vous de moi ? Vous n'y pouvez pas entrer, puisque voici la clef.

Il ne savait plus que dire.

– Alors, Monsieur, je vais vous montrer la route.

– Montrez-moi l'escalier et laissez-moi seul. Je la trouverai bien sans vous.

– Mais... Monsieur... cependant...

Cette fois, je m'emportai tout à fait :

– Maintenant, taisez-vous, n'est-ce pas ? ou vous aurez affaire à moi.

Je l'écartai violemment et je pénétrai dans la maison.

Je traversai d'abord la cuisine, puis deux petites pièces que cet homme habitait avec sa femme. Je franchis ensuite un grand

1. **Atterré** : abattu, désolé.

vestibule, je montai l'escalier et je reconnu la porte indiquée par mon ami.

Je l'ouvris sans peine et j'entrai.

L'appartement était tellement sombre que je n'y distinguai rien d'abord. Je m'arrêtai, saisi par cette odeur moisie et fade des pièces inhabitées et condamnées, des chambres mortes. Puis, peu à peu, mes yeux s'habituèrent à l'obscurité, et je vis assez nettement une grande pièce en désordre, avec un lit sans draps, mais gardant ses matelas et ses oreillers, dont l'un portait l'empreinte profonde d'un coude ou d'une tête comme si on venait de se poser dessus.

Les sièges semblaient en déroute[1]. Je remarquai qu'une porte, celle d'une armoire sans doute, était demeurée entrouverte.

J'allai d'abord à la fenêtre pour donner du jour et je l'ouvris ; mais les ferrures du contrevent[2] étaient tellement rouillées que je ne pus les faire céder.

J'essayai même de les casser avec mon sabre, sans y parvenir. Comme je m'irritais de ces efforts inutiles, et comme mes yeux étaient enfin parfaitement accoutumés à l'ombre, je renonçai à l'espoir d'y voir plus clair et j'allai au secrétaire.

Je m'assis dans un fauteuil, j'abattis la tablette, j'ouvris le tiroir indiqué. Il était plein jusqu'au bord. Il ne me fallait que trois paquets, que je savais comment reconnaître, et je me mis à les chercher.

Je m'écarquillais les yeux à déchiffrer les inscriptions, quand je crus entendre ou plutôt sentir un frôlement derrière moi. Je n'y pris point garde, pensant qu'un courant d'air avait fait remuer quelque étoffe. Mais au bout d'une minute, un autre mouvement,

1. **En déroute** : en très mauvais état.
2. **Contrevent** : grand volet extérieur.

presque indistinct, me fit passer sur la peau un singulier petit frisson désagréable. C'était tellement bête d'être ému, même à peine, que je ne voulus pas me retourner, par pudeur pour moi-même. Je venais alors de découvrir la seconde des liasses qu'il me fallait ; et je trouvais justement la troisième, quand un grand et pénible soupir, poussé contre mon épaule, me fit faire un bond de fou à deux mètres de là. Dans mon élan je m'étais retourné, la main sur la poignée de mon sabre, et certes, si je ne l'avais pas senti à mon côté, je me serais enfui comme un lâche.

Une grande femme vêtue de blanc me regardait, debout derrière le fauteuil où j'étais assis une seconde plus tôt.

Une telle secousse me courut dans les membres que je faillis m'abattre à la renverse. Oh ! personne ne peut comprendre, à moins de les avoir ressenties, ces épouvantables et stupides terreurs. L'âme se fond ; on ne sent plus son cœur ; le corps entier devient mou comme une éponge ; on dirait que tout l'intérieur de nous s'écoule.

Je ne crois pas aux fantômes ; eh bien ! j'ai défailli sous la hideuse peur des morts ; et j'ai souffert, oh ! souffert en quelques instants plus qu'en tout le reste de ma vie, dans l'angoisse irrésistible des épouvantes surnaturelles.

Si elle n'avait pas parlé, je serais mort peut-être ! Mais elle parla ! elle parla d'une voix douce et douloureuse qui faisait vibrer les nerfs. Je n'oserais pas dire que je redevins maître de moi et que je retrouvai ma raison. Non. J'étais éperdu à ne plus savoir ce que je faisais ; mais cette espèce de fierté intime que j'ai en moi, un peu d'orgueil de métier aussi, me faisaient garder, presque malgré moi, une contenance honorable. Je posais enfin, je posais pour moi, et pour elle sans doute, pour elle, quelle qu'elle fût, femme ou spectre. Je me suis rendu compte de tout cela plus tard, car je vous assure que, dans l'instant de l'apparition, je ne songeais à rien. J'avais peur.

Elle dit :

– Oh ! Monsieur, vous pouvez me rendre un grand service !

Je voulus répondre, mais il me fut impossible de prononcer un mot. Un bruit vague sortit de ma gorge.

Elle reprit :

– Voulez-vous ? vous pouvez me sauver, me guérir. Je souffre affreusement. Je souffre toujours. Je souffre, oh ! je souffre !

Et elle s'assit doucement dans mon fauteuil. Elle me regardait :

– Voulez-vous ?

Je fis : « Oui ! » de la tête, ayant encore la voix paralysée.

Alors elle me tendit un peigne de femme en écaille et elle murmura :

– Peignez-moi, oh ! peignez-moi ; cela me guérira ; il faut qu'on me peigne. Regardez ma tête... Comme je souffre ; et mes cheveux, comme ils me font mal !

Ses cheveux dénoués, très longs, très noirs, me semblait-il, pendaient par-dessus le dossier du fauteuil et touchaient terre.

Pourquoi ai-je fait ceci ? Pourquoi ai-je reçu en frissonnant ce peigne, et pourquoi ai-je pris dans mes mains ses longs cheveux qui me donnèrent à la peau une sensation de froid atroce comme si j'eusse manié des serpents ? Je n'en sais rien.

Cette sensation m'est restée dans les doigts et je tressaille en y songeant.

Je la peignai. Je maniai je ne sais comment cette chevelure de glace. Je la tordis, je la renouai et la dénouai ; je la tressai comme on tresse la crinière d'un cheval. Elle soupirait, penchait la tête, semblait heureuse.

Soudain elle me dit : « Merci ! » m'arracha le peigne des mains et s'enfuit par la porte que j'avais remarquée entrouverte.

Resté seul, j'eus, pendant quelques secondes, ce trouble effaré des réveils après les cauchemars. Puis je repris enfin mes sens, je courus à la fenêtre et je brisai les contrevents d'une poussée furieuse.

Un flot de jour entra. Je m'élançai sur la porte par où cet être était parti. Je la trouvai fermée et inébranlable.

Alors une fièvre de fuite m'envahit, une panique, la vraie panique des batailles. Je saisis brusquement les trois paquets de lettres sur le secrétaire ouvert ; je traversai l'appartement en courant, je sautai les marches de l'escalier quatre par quatre, je me trouvai dehors je ne sais par où, et, apercevant mon cheval à dix pas de moi, je l'enfourchai d'un bond et partis au galop.

Je ne m'arrêtai qu'à Rouen, et devant mon logis. Ayant jeté la bride à mon ordonnance, je me sauvai dans ma chambre où je m'enfermai pour réfléchir.

Alors, pendant une heure, je me demandai anxieusement si je n'avais pas été le jouet d'une hallucination. Certes, j'avais eu un de ces incompréhensibles ébranlements nerveux, un de ces affolements du cerveau qui enfantent les miracles, à qui le Surnaturel doit sa puissance.

Et j'allais croire à une vision, à une erreur de mes sens, quand je m'approchai de ma fenêtre. Mes yeux, par hasard, descendirent sur ma poitrine. Mon dolman[1] était plein de cheveux, de longs cheveux de femme qui s'étaient enroulés aux boutons !

Je les saisis un à un et je les jetai dehors avec des tremblements dans les doigts.

Puis j'appelai mon ordonnance[2]. Je me sentais trop ému, trop troublé, pour aller le jour même chez mon ami. Et puis je voulais mûrement réfléchir à ce que je devais lui dire.

Je lui fis porter ses lettres, dont il remit un reçu au soldat. Il s'informa beaucoup de moi. On lui dit que j'étais souffrant, que j'avais reçu un coup de soleil, je ne sais quoi. Il parut inquiet.

Je me rendis chez lui le lendemain, dès l'aube, résolu à lui dire la vérité. Il était sorti de la veille au soir et pas rentré.

Je revins dans la journée, on ne l'avait pas revu. J'attendis une semaine. Il ne reparut pas. Alors je prévins la justice. On le fit rechercher partout, sans découvrir une trace de son passage ou de sa retraite.

Une visite minutieuse fut faite du château abandonné. On n'y découvrit rien de suspect.

Aucun indice ne révéla qu'une femme y eût été cachée.

L'enquête n'aboutissant à rien, les recherches furent interrompues.

Et, depuis cinquante-six ans, je n'ai rien appris. Je ne sais rien de plus. »

1. **Dolman** : veste ajustée que portaient les soldats de la cavalerie.
2. **Ordonnance** : domestique militaire.

Qui sait ?

paru dans *L'Écho de Paris*, le 6 avril 1890

Mon Dieu ! Mon Dieu ! Je vais donc écrire enfin ce qui m'est arrivé ! Mais le pourrai-je ? L'oserai-je ? Cela est si bizarre, si inexplicable, si incompréhensible, si fou !

Si je n'étais sûr de ce que j'ai vu, sûr qu'il n'y a eu, dans mes raisonnements aucune défaillance, aucune erreur dans mes constatations, pas de lacune dans la suite inflexible[1] de mes observations, je me croirais un simple halluciné, le jouet d'une étrange vision. Après tout, qui sait ?

Je suis aujourd'hui dans une maison de santé[2] ; mais j'y suis entré volontairement, par prudence, par peur ! Un seul être connaît mon histoire. Le médecin d'ici. Je vais l'écrire. Je ne sais trop pourquoi ? Pour m'en débarrasser, car je la sens en moi comme un intolérable cauchemar.

La voici :

J'ai toujours été un solitaire, un rêveur, une sorte de philosophe isolé, bienveillant, content de peu, sans aigreur contre les hommes et sans rancune contre le ciel. J'ai vécu seul, sans cesse, par suite d'une sorte de gêne qu'insinue en moi la présence des autres. Comment expliquer cela ? Je ne le pourrais. Je ne refuse pas de voir le monde, de causer, de dîner avec des amis, mais lorsque je les sens depuis longtemps près de moi, même les plus familiers, ils me lassent, me fatiguent, m'énervent, et j'éprouve une envie grandissante, harcelante, de les voir partir ou de m'en aller, d'être seul.

1. **Inflexible** : rigoureuse.
2. **Maison de santé** : établissement spécialisé pour les patients atteints de maladies nerveuses, c'est-à-dire d'affections mentales.

Cette envie est plus qu'un besoin, c'est une nécessité irrésistible. Et si la présence des gens avec qui je me trouve continuait, si je devais, non pas écouter, mais entendre longtemps encore leurs conversations, il m'arriverait, sans aucun doute, un accident. Lequel ? Ah ! qui sait ? Peut-être une simple syncope[1] ? oui ! probablement !

J'aime tant être seul que je ne puis même supporter le voisinage d'autres êtres dormant sous mon toit ; je ne puis habiter Paris parce que j'y agonise indéfiniment. Je meurs moralement, et suis aussi supplicié dans mon corps et dans mes nerfs par cette immense foule qui grouille, qui vit autour de moi, même quand elle dort. Ah ! le sommeil des autres m'est plus pénible encore que leur parole. Et je ne peux jamais me reposer, quand je sais, quand je sens, derrière un mur, des existences interrompues par ces régulières éclipses de la raison.

Pourquoi suis-je ainsi ! Qui sait ? La cause en est peut-être fort simple : je me fatigue très vite de tout ce qui ne se passe pas en moi. Et il y a beaucoup de gens dans mon cas.

Nous sommes deux races sur la terre. Ceux qui ont besoin des autres, que les autres distraient, occupent, reposent, et que la solitude harasse, épuise, anéantit, comme l'ascension d'un terrible glacier ou la traversée du désert, et ceux que les autres, au contraire, lassent, ennuient, gênent, courbaturent, tandis que l'isolement les calme, les baigne de repos dans l'indépendance et la fantaisie de leur pensée.

En somme, il y a là un normal phénomène psychique. Les uns sont doués pour vivre en dehors, les autres pour vivre en dedans. Moi, j'ai l'attention extérieure courte et vite épuisée, et,

1. **Syncope** : évanouissement.

dès qu'elle arrive à ses limites, j'en éprouve dans tout mon corps et dans toute mon intelligence, un intolérable malaise.

Il en est résulté que je m'attache, que je m'étais attaché beaucoup aux objets inanimés qui prennent, pour moi, une importance d'êtres, et que ma maison est devenue, était devenue, un monde où je vivais d'une vie solitaire et active, au milieu de choses, de meubles, de bibelots familiers, sympathiques à mes yeux comme des visages. Je l'en avais emplie peu à peu, je l'en avais parée, et je me sentais dedans, content, satisfait, bien heureux comme entre les bras d'une femme aimable dont la caresse accoutumée est devenue un calme et doux besoin.

J'avais fait construire cette maison dans un beau jardin qui l'isolait des routes, et à la porte d'une ville où je pouvais trouver, à l'occasion, les ressources de société dont je sentais, par moments, le désir. Tous mes domestiques couchaient dans un bâtiment éloigné, au fond du potager, qu'entourait un grand mur. L'enveloppement obscur des nuits, dans le silence de ma demeure perdue, cachée, noyée sous les feuilles des grands arbres, m'était si reposant et si bon, que j'hésitais chaque soir, pendant plusieurs heures, à me mettre au lit pour le savourer plus longtemps.

Ce jour-là, on avait joué *Sigurd*[1] au théâtre de la ville. C'était la première fois que j'entendais ce beau drame musical et féerique, j'y avais pris un vif plaisir.

Je revenais à pied, d'un pas allègre, la tête pleine de phrases sonores, et le regard hanté par de jolies visions. Il faisait noir, noir, mais noir au point que je distinguais à peine la grande route, et que je faillis, plusieurs fois, culbuter dans le fossé. De l'octroi[2]

1. ***Sigurd*** : opéra d'Ernest Reyer, créé le 12 juin 1885 et inspiré de la mythologie scandinave.
2. **Octroi** : limite de la ville.

à chez moi, il y a un kilomètre environ, peut-être un peu plus, soit vingt minutes de marche lente. Il était une heure du matin, une heure ou une heure et demie ; le ciel s'éclaircit un peu devant moi et le croissant parut, le triste croissant du dernier quartier de la lune. Le croissant du premier quartier, celui qui se lève à quatre ou cinq heures du soir, est clair, gai, frotté d'argent, mais celui qui se lève après minuit est rougeâtre, morne, inquiétant ; c'est le vrai croissant du Sabbat[1] ? Tous les noctambules[2] ont dû faire cette remarque. Le premier, fût-il mince comme un fil, jette une petite lumière joyeuse qui réjouit le cœur, et dessine sur la terre des ombres nettes ; le dernier répand à peine une lueur mourante, si terne qu'elle ne fait presque pas d'ombres.

J'aperçus au loin la masse sombre de mon jardin, et je ne sais d'où me vint une sorte de malaise à l'idée d'entrer là-dedans. Je ralentis le pas. Il faisait très doux. Le gros tas d'arbres avait l'air d'un tombeau où ma maison était ensevelie.

J'ouvris ma barrière et je pénétrai dans la longue allée de sycomores●, qui s'en allait vers le logis, arquée en voûte comme un haut tunnel, traversant des massifs opaques et contournant des gazons où les corbeilles de fleurs plaquaient, sous les ténèbres pâlies, des taches ovales aux nuances indistinctes.

En approchant de la maison, un trouble bizarre me saisit. Je m'arrêtai. On n'entendait rien. Il n'y avait pas dans les feuilles un souffle d'air. « Qu'est-ce que j'ai donc ? » pensai-je. Depuis dix ans je rentrais ainsi sans que jamais la moindre inquiétude m'eût effleuré. Je n'avais pas peur. Je n'ai jamais eu peur, la nuit. La vue d'un homme, d'un maraudeur[3], d'un voleur m'aurait jeté

1. **Sabbat** : réunion de sorcières.
2. **Noctambule** : qui aime se promener ou se divertir la nuit.
3. **Maraudeur** : personne qui vole dans les jardins et les fermes.

● **Le sycomore est un figuier d'Égypte au bois qui ne pourrit pas.**

une rage dans le corps, et j'aurais sauté dessus sans hésiter. J'étais armé, d'ailleurs. J'avais mon revolver. Mais je n'y touchai point, car je voulais résister à cette influence de crainte qui germait en moi.

Qu'était-ce ? Un pressentiment ? Le pressentiment mystérieux qui s'empare des sens des hommes quand ils vont voir de l'inexplicable ? Peut-être ? Qui sait ?

À mesure que j'avançais, j'avais dans la peau des tressaillements, et quand je fus devant le mur, aux auvents[1] clos, de ma vaste demeure, je sentis qu'il me faudrait attendre quelques minutes avant d'ouvrir la porte et d'entrer dedans. Alors je m'assis sur un banc, sous les fenêtres de mon salon. Je restai là, un peu vibrant, la tête appuyée contre la muraille, les yeux ouverts sur l'ombre des feuillages. Pendant ces premiers instants, je ne remarquai rien d'insolite autour de moi. J'avais dans les oreilles quelques ronflements ; mais cela m'arrive souvent. Il me semble parfois que j'entends passer des trains, que j'entends sonner des cloches, que j'entends marcher une foule.

Puis bientôt, ces ronflements devinrent plus distincts, plus précis, plus reconnaissables. Je m'étais trompé. Ce n'était pas le bourdonnement ordinaire de mes artères qui mettait dans mes oreilles ces rumeurs, mais un bruit très particulier, très confus cependant, qui venait, à n'en point douter, de l'intérieur de ma maison.

Je le distinguais à travers le mur, ce bruit continu, plutôt une agitation qu'un bruit, un remuement vague d'un tas de choses, comme si on eût secoué, déplacé, traîné doucement tous mes meubles.

Oh ! je doutai, pendant un temps assez long encore, de la sûreté de mon oreille. Mais l'ayant collée contre un auvent pour mieux

1. **Auvent** : volet.

percevoir ce trouble étrange de mon logis, je demeurai convaincu, certain, qu'il se passait chez moi quelque chose d'anormal et d'incompréhensible. Je n'avais pas peur, mais j'étais... comment exprimer cela... effaré d'étonnement. Je n'armai pas mon revolver – devinant fort bien que je n'en avais nul besoin. J'attendis.

J'attendis longtemps, ne pouvant me décider à rien, l'esprit lucide, mais follement anxieux. J'attendis, debout, écoutant toujours le bruit qui grandissait, qui prenait, par moments, une intensité violente, qui semblait devenir un grondement d'impatience, de colère, d'émeute mystérieuse.

Puis soudain, honteux de ma lâcheté, je saisis mon trousseau de clefs, je choisis celle qu'il me fallait, je l'enfonçai dans la serrure, je la fis tourner deux fois, et poussant la porte de toute ma force, j'envoyai le battant heurter la cloison.

Le coup sonna comme une détonation de fusil, et voilà qu'à ce bruit d'explosion répondit, du haut en bas de ma demeure, un formidable tumulte. Ce fut si subit, si terrible, si assourdissant que je reculai de quelques pas, et que, bien que le sentant toujours inutile, je tirai de sa gaine mon revolver.

J'attendis encore, oh ! peu de temps. Je distinguais, à présent, un extraordinaire piétinement sur les marches de mon escalier, sur les parquets, sur les tapis, un piétinement, non pas de chaussures, de souliers humains, mais de béquilles, de béquilles de bois et de béquilles de fer qui vibraient comme des cymbales. Et voilà que j'aperçus tout à coup, sur le seuil de ma porte, un fauteuil, mon grand fauteuil de lecture, qui sortait en se dandinant. Il s'en alla par le jardin. D'autres le suivaient, ceux de mon salon, puis les canapés bas et se traînant comme des crocodiles sur leurs courtes pattes, puis toutes mes chaises, avec des bonds de chèvres, et les petits tabourets qui trottaient comme des lapins.

Oh ! quelle émotion ! Je me glissai dans un massif où je demeurai accroupi, contemplant toujours ce défilé de mes meubles, car ils s'en allaient tous, l'un derrière l'autre, vite ou lentement, selon leur taille et leur poids. Mon piano, mon grand piano à queue, passa avec un galop de cheval emporté et un murmure de musique dans le flanc, les moindres objets glissaient sur le sable comme des fourmis, les brosses, les cristaux, les coupes, où le clair de lune accrochait des phosphorescences de vers luisants. Les étoffes rampaient, s'étalaient en flaques à la façon des pieuvres de la mer. Je vis paraître mon bureau, un rare bibelot du dernier siècle, et qui contenait toutes les lettres que j'ai reçues, toute l'histoire de mon cœur, une vieille histoire dont j'ai tant souffert ! Et dedans étaient aussi des photographies.

Soudain, je n'eus plus peur, je m'élançai sur lui et je le saisis comme on saisit un voleur, comme on saisit une femme qui fuit ; mais il allait d'une course irrésistible, et malgré mes efforts, et malgré ma colère, je ne pus même ralentir sa marche. Comme je résistais en désespéré à cette force épouvantable, je m'abattis par terre en luttant contre lui. Alors, il me roula, me traîna sur le sable, et déjà les meubles, qui le suivaient, commençaient à marcher sur moi, piétinant mes jambes et les meurtrissant ; puis, quand je l'eus lâché, les autres passèrent sur mon corps ainsi qu'une charge de cavalerie sur un soldat démonté.

Fou d'épouvante enfin, je pus me traîner hors de la grande allée et me cacher de nouveau dans les arbres, pour regarder disparaître les plus infimes objets, les plus petits, les plus modestes, les plus ignorés de moi, qui m'avaient appartenu.

Puis j'entendis, au loin, dans mon logis sonore à présent comme les maisons vides, un formidable bruit de portes refermées. Elles claquèrent du haut en bas de la demeure, jusqu'à ce que celle du vestibule que j'avais ouverte moi-même, insensé, pour ce départ, se fut close, enfin, la dernière.

Je m'enfuis aussi, courant vers la ville, et je ne repris mon sang-froid que dans les rues, en rencontrant des gens attardés. J'allai sonner à la porte d'un hôtel où j'étais connu. J'avais battu, avec mes mains, mes vêtements, pour en détacher la poussière, et je racontai que j'avais perdu mon trousseau de clefs, qui contenait aussi celle du potager, où couchaient mes domestiques en une maison isolée, derrière le mur de clôture qui préservait mes fruits et mes légumes de la visite des maraudeurs.

Je m'enfonçai jusqu'aux yeux dans le lit qu'on me donna. Mais je ne pus dormir, et j'attendis le jour en écoutant bondir mon cœur. J'avais ordonné qu'on prévînt mes gens dès l'aurore, et mon valet de chambre heurta ma porte à sept heures du matin.

Son visage semblait bouleversé.

– Il est arrivé cette nuit un grand malheur, monsieur, dit-il.

– Quoi donc !

– On a volé tout le mobilier de monsieur, tout, tout, jusqu'aux plus petits objets.

Cette nouvelle me fit plaisir. Pourquoi ? qui sait ? J'étais fort maître de moi, sûr de dissimuler, de ne rien dire à personne de ce que j'avais vu, de le cacher, de l'enterrer dans ma conscience comme un effroyable secret. Je répondis.

– Alors, ce sont les mêmes personnes qui m'ont volé mes clefs. Il faut prévenir tout de suite la police. Je me lève et je vous y rejoindrai dans quelques instants.

L'enquête dura cinq mois. On ne découvrit rien, on ne trouva ni le plus petit de mes bibelots, ni la plus légère trace des voleurs. Parbleu ! Si j'avais dit ce que je savais... Si je l'avais dit... on m'aurait enfermé, moi, pas les voleurs, mais l'homme qui avait pu voir une pareille chose.

Oh ! je sus me taire. Mais je ne remeublai pas ma maison. C'était bien inutile. Cela aurait recommencé toujours. Je n'y voulais plus rentrer. Je n'y rentrai pas. Je ne la revis point.

Je vins à Paris, à l'hôtel, et je consultai des médecins sur mon état nerveux qui m'inquiétait beaucoup depuis cette nuit déplorable.

Ils m'engagèrent à voyager. Je suivis leur conseil.

*

Je commençais par une excursion en Italie●. Le soleil me fit du bien. Pendant six mois, j'errai de Gênes à Venise, de Venise à Florence, de Florence à Rome, de Rome à Naples. Puis je parcourus la Sicile, terre admirable par sa nature et ses monuments, reliques laissées par les Grecs et les Normands. Je passai en Afrique, je traversai pacifiquement ce grand désert jaune et calme, où errent des chameaux, des gazelles et des Arabes vagabonds, où, dans l'air léger et transparent, ne flotte aucune hantise, pas plus la nuit que le jour.

Je rentrai en France par Marseille, et malgré la gaieté provençale, la lumière diminuée du ciel m'attrista. Je ressentis, en revenant sur le continent, l'étrange impression d'un malade qui se croit guéri et qu'une douleur sourde prévient que le foyer du mal n'est pas éteint.

Puis je revins à Paris. Au bout d'un mois, je m'y ennuyai. C'était à l'automne, et je voulus faire, avant l'hiver, une excursion à travers la Normandie, que je ne connaissais pas.

Je commençai par Rouen, bien entendu, et pendant huit jours, j'errai distrait, ravi, enthousiasmé, dans cette ville du moyen âge, dans ce surprenant musée d'extraordinaires monuments gothiques.

● **Maupassant évoque ici ses propres voyages.**

Or, un soir, vers quatre heures, comme je m'engageais dans une rue invraisemblable où coule une rivière noire comme de l'encre nommée « Eau de Robec », mon attention, toute fixée sur la physionomie bizarre et antique des maisons, fut détournée tout à coup par la vue d'une série de boutiques de brocanteurs qui se suivaient de porte en porte.

Ah ! ils avaient bien choisi leur endroit, ces sordides trafiquants de vieilleries, dans cette fantastique ruelle, au-dessus de ce cours d'eau sinistre, sous ces toits pointus de tuiles et d'ardoises où grinçaient encore les girouettes du passé !

Au fond des noirs magasins, on voyait s'entasser les bahuts[1] sculptés, les faïences de Rouen, de Nevers, de Moustiers, des statues peintes, d'autres en chêne, des Christ, des vierges, des saints, des ornements d'église, des chasubles[2], des chapes[3], même des vases sacrés et un vieux tabernacle[4] en bois doré d'où Dieu avait déménagé. Oh ! les singulières cavernes en ces hautes maisons, en ces grandes maisons, pleines, des caves aux greniers, d'objets de toute nature, dont l'existence semblait finie, qui survivaient à leurs naturels possesseurs, à leur siècle, à leur temps, à leurs modes, pour être achetés, comme curiosités, par les nouvelles générations.

Ma tendresse pour les bibelots se réveillait dans cette cité d'antiquaires. J'allais de boutique en boutique, traversant, en deux enjambées, les ponts de quatre planches pourries jetées sur le courant nauséabond de l'Eau de Robec.

1. **Bahut** : sorte d'armoire basse et rustique où l'on range la vaisselle.
2. **Chasuble** : tunique sans manches portée par les prêtres catholiques pendant la messe.
3. **Chape** : sorte de longue cape portée par les dignitaires catholiques.
4. **Tabernacle** : petite armoire contenant les objets utilisés pendant la messe.

Miséricorde ! Quelle secousse ! Une de mes plus belles armoires m'apparut au bord d'une voûte encombrée d'objets et qui semblait l'entrée des catacombes[1] d'un cimetière de meubles anciens. Je m'approchai tremblant de tous mes membres, tremblant tellement que je n'osais pas le toucher. J'avançais la main, j'hésitais. C'était bien elle, pourtant : une armoire Louis XIII unique, reconnaissable par quiconque avait pu la voir une seule fois. Jetant soudain les yeux un peu plus loin, vers les profondeurs plus sombres de cette galerie, j'aperçus trois de mes fauteuils couverts de tapisserie au petit point, puis, plus loin encore mes deux tables Henri II, si rares qu'on venait les voir de Paris.

Songez ! songez à l'état de mon âme !

Et j'avançai, perclus, agonisant d'émotion, mais j'avançai, car je suis brave, j'avançai comme un chevalier des époques ténébreuses pénétrait en un séjour de sortilèges. Je retrouvais, de pas en pas, tout ce qui m'avait appartenu, mes lustres, mes livres, mes tableaux, mes étoffes, mes armes, tout, sauf le bureau plein de mes lettres, et que je n'aperçus point.

J'allais, descendant à des galeries obscures pour remonter ensuite aux étages supérieurs. J'étais seul. J'appelais, on ne répondait point. J'étais seul ; il n'y avait personne en cette maison vaste et tortueuse comme un labyrinthe.

La nuit vint, et je dus m'asseoir, dans les ténèbres, sur une de mes chaises, car je ne voulais point m'en aller. De temps en temps je criais : – Holà ! holà ! quelqu'un !

J'étais là, certes, depuis plus d'une heure quand j'entendis des pas, des pas légers, lents, je ne sais où. Je faillis me sauver ; mais, me raidissant, j'appelai de nouveau, et, j'aperçus une lueur dans la chambre voisine.

1. **Catacombe** : souterrain ayant servi de tombe commune.

– Qui est là ? dit une voix.

Je répondis :

– Un acheteur.

On répliqua :

– Il est bien tard pour entrer ainsi dans les boutiques.

Je repris :

– Je vous attends depuis plus d'une heure.

– Vous pouviez revenir demain.

– Demain, j'aurai quitté Rouen.

Je n'osais point avancer, et il ne venait pas. Je voyais toujours la lueur de sa lumière éclairant une tapisserie où deux anges volaient au-dessus des morts d'un champ de bataille. Elle m'appartenait aussi. Je dis :

– Eh bien ! Venez-vous ?

Il répondit :

– Je vous attends.

Je me levai et j'allai vers lui.

Au milieu d'une grande pièce était un tout petit homme, tout petit et très gros, gros comme un phénomène, un hideux phénomène.

Il avait une barbe rare, aux poils inégaux, clairsemés et jaunâtres, et pas un cheveu sur la tête ! Pas un cheveu ! Comme il tenait sa bougie élevée à bout de bras pour m'apercevoir, son crâne m'apparut comme une petite lune dans cette vaste chambre encombrée de vieux meubles. La figure était ridée et bouffie, les yeux imperceptibles.

Je marchandai trois chaises qui étaient à moi, et les payai sur-le-champ une grosse somme, en donnant simplement le numéro de mon appartement à l'hôtel. Elles devaient être livrées le lendemain avant neuf heures.

Puis je sortis. Il me reconduisit jusqu'à sa porte avec beaucoup de politesse.

« *La Vie populaire* », *illustration de B. Borione, 1890.*

Je me rendis ensuite chez le commissaire central de la police, à qui je racontai le vol de mon mobilier et la découverte que je venais de faire.

Il demanda séance tenante des renseignements par télégraphe au parquet qui avait instruit l'affaire de ce vol, en me priant d'attendre la réponse. Une heure plus tard, elle lui parvint tout à fait satisfaisante pour moi.

– Je vais faire arrêter cet homme et l'interroger tout de suite, me dit-il, car il pourrait avoir conçu quelque soupçon et faire disparaître ce qui vous appartient. Voulez-vous aller dîner et revenir dans deux heures, je l'aurai ici et je lui ferai subir un nouvel interrogatoire devant vous.

– Très volontiers, monsieur. Je vous remercie de tout mon cœur.

J'allai dîner à mon hôtel, et je mangeai mieux que je n'aurais cru. J'étais assez content tout de même. On le tenait.

Deux heures plus tard, je retournai chez le fonctionnaire de police qui m'attendait.

– Eh bien ! monsieur, me dit-il en m'apercevant. On n'a pas trouvé votre homme. Mes agents n'ont pu mettre la main dessus.

Ah ! Je me sentis défaillir.

– Mais... vous avez bien trouvé sa maison ? demandai-je.

– Parfaitement. Elle va même être surveillée et gardée jusqu'à son retour. Quant à lui, il a disparu.

– Disparu ?

– Disparu. Il passe ordinairement ses soirées chez sa voisine, une brocanteuse aussi, une drôle de sorcière, la veuve Bidoin. Elle ne l'a pas vu ce soir et ne peut donner sur lui aucun renseignement. Il faut attendre demain.

Je m'en allai. Ah ! que les rues de Rouen me semblèrent sinistres, troublantes, hantées.

Je dormis si mal, avec des cauchemars à chaque bout de sommeil.

Comme je ne voulais pas paraître trop inquiet ou pressé, j'attendis dix heures, le lendemain, pour me rendre à la police.

Le marchand n'avait pas reparu. Son magasin demeurait fermé.

Le commissaire me dit :

– J'ai fait toutes les démarches nécessaires. Le parquet est au courant de la chose ; nous allons aller ensemble à cette boutique et la faire ouvrir, vous m'indiquerez tout ce qui est à vous.

Un coupé nous emporta. Des agents stationnaient, avec un serrurier, devant la porte de la boutique, qui fut ouverte.

Je n'aperçus, en entrant, ni mon armoire, ni mes fauteuils, ni mes tables, ni rien, rien, de ce qui avait meublé ma maison, mais rien, alors que la veille au soir je ne pouvais faire un pas sans rencontrer un de mes objets.

Le commissaire central, surpris, me regarda d'abord avec méfiance.

– Mon Dieu, monsieur, lui dis-je, la disparition de ces meubles coïncide étrangement avec celle du marchand.

Il sourit :

– C'est vrai ! Vous avez eu tort d'acheter et de payer des bibelots à vous, hier. Cela lui a donné l'éveil.

Je repris :

– Ce qui me paraît incompréhensible, c'est que toutes les places occupées par mes meubles sont maintenant remplies par d'autres.

– Oh ! répondit le commissaire, il a eu toute la nuit, et des complices sans doute. Cette maison doit communiquer avec les voisines. Ne craignez rien, monsieur, je vais m'occuper très activement de cette affaire. Le brigand ne nous échappera pas longtemps puisque nous gardons la tanière.

Ah ! mon cœur, mon pauvre cœur, comme il battait !

Je demeurai quinze jours à Rouen. L'homme ne revint pas. Parbleu ! parbleu ! Cet homme-là qui est-ce qui aurait pu l'embarrasser ou le surprendre !

Or, le seizième jour, au matin, je reçus de mon jardinier, gardien de ma maison pillée et demeurée vide, l'étrange lettre que voici :

« Monsieur,

« J'ai l'honneur d'informer monsieur qu'il s'est passé, la nuit dernière, quelque chose que personne ne comprend, et la police pas plus que nous. Tous les meubles sont revenus, tous sans exception, tous, jusqu'aux plus petits objets. La maison est maintenant toute pareille à ce qu'elle était la veille du vol. C'est à en perdre la tête. Cela s'est fait dans la nuit de vendredi à samedi. Les chemins sont défoncés comme si on avait traîné tout de la barrière à la porte. Il en était ainsi le jour de la disparition.

« Nous attendons monsieur, dont je suis le très humble serviteur.

« Raudin, Philippe. »

Ah ! mais non, ah ! mais non, ah ! mais non. Je n'y retournerai pas !

Je portai la lettre au commissaire de Rouen.

– C'est une restitution très adroite, dit-il. Faisons les morts. Nous pincerons l'homme un de ces jours.

Mais on ne l'a pas pincé. Non. Ils ne l'ont pas pincé, et j'ai peur de lui, maintenant, comme si c'était une bête féroce lâchée derrière moi.

Introuvable ! il est introuvable, ce monstre à crâne de lune ! On ne le prendra jamais. Il ne reviendra point chez lui. Que lui importe à lui. Il n'y a que moi qui peux le rencontrer, et je ne veux pas.

Je ne veux pas ! je ne veux pas ! je ne veux pas.

Et s'il revient, s'il rentre dans sa boutique, qui pourra prouver que mes meubles étaient chez lui ? Il n'y a contre lui que mon témoignage ; et je sens bien qu'il devient suspect.

Ah ! mais non ! cette existence n'était plus possible. Et je ne pouvais pas garder le secret de ce que j'ai vu. Je ne pouvais pas continuer à vivre comme tout le monde avec la crainte que des choses pareilles recommençassent.

Je suis venu trouver le médecin qui dirige cette maison de santé, et je lui ai tout raconté.

Après m'avoir interrogé longtemps, il m'a dit :

– Consentiriez-vous, monsieur, à rester quelque temps ici ?

– Très volontiers, monsieur.

– Vous avez de la fortune ?

– Oui, monsieur.

– Voulez-vous un pavillon isolé ?

– Oui, monsieur.

– Voudrez-vous recevoir des amis ?

– Non, monsieur, non, personne. L'homme de Rouen pourrait oser, par vengeance, me poursuivre ici.

Et je suis seul, seul, tout seul, depuis trois mois. Je suis tranquille à peu près. Je n'ai qu'une peur... Si l'antiquaire devenait fou... et si on l'amenait en cet asile... Les prisons elles-mêmes ne sont pas sûres...

FIN

Dessin de Victor Hugo.

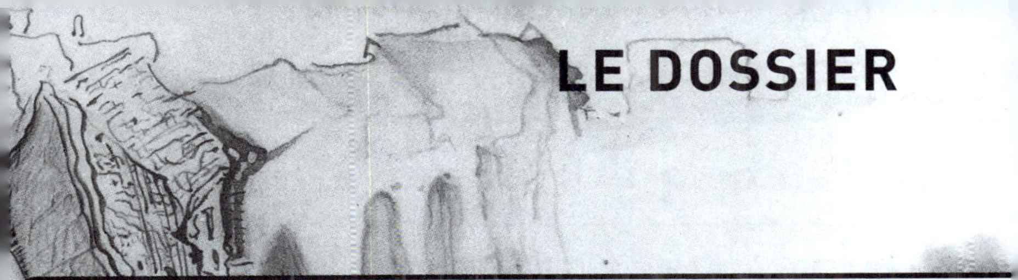

LE DOSSIER

La Morte
et autres nouvelles fantastiques

Quatre nouvelles fantastiques

REPÈRES

PARCOURS DE L'ŒUVRE

TEXTES ET IMAGE

Qu'est-ce qu'une nouvelle ?

La nouvelle est un genre narratif court. L'action y est resserrée, le nombre de personnages restreint. Ce genre connaît un développement remarquable à l'époque de Maupassant.

• LA NAISSANCE DU GENRE

Dès le Moyen Âge, les récits courts tels que les fabliaux, les lais et les contes, dont la nouvelle est le prolongement, abondent. Cependant, on a coutume de dire que c'est avec le *Décaméron*, œuvre de l'auteur italien Boccace (1348-1351), que la nouvelle devient un genre à part entière. Au siècle des Lumières, les écrivains lui préfèrent le conte philosophique, plus propice au développement des idées. Mais au XIXe siècle, le genre connaît une véritable renaissance.

Dix jeunes gens, pour fuir la peste de Florence en 1348, se réfugient pendant dix jours dans une campagne idyllique. Chacun raconte une histoire par jour, ce qui fait cent nouvelles.

• LA NOUVELLE AU XIXe SIÈCLE

– Il faut attendre le XIXe siècle pour que la nouvelle prenne son essor et devienne un genre littéraire à part entière. En effet, la presse d'alors connaît une diffusion grandissante et un emplacement dans les journaux est systématiquement réservé à la publication de courts récits, plus rapides à lire que des romans : de nombreuses nouvelles sont ainsi publiées dans les journaux sous forme de feuilleton.

– La forme de la nouvelle convient particulièrement à deux des grands registres de cette période : le fantastique et le réalisme.

Les auteurs fantastiques, tels que Nodier et Gautier, peuvent ainsi, en un même recueil, explorer des univers variés comme *l'Antiquité* et le *Moyen Âge*.

Dans « Arria Marcella », Gautier narre l'aventure d'un jeune homme du XIXe siècle qui voit s'animer sous ses yeux la ville de Pompéi avant l'éruption du Vésuve.

Nodier utilise le Moyen Âge comme toile de fond au recueil de nouvelles Infernaliana *pour mettre en scène vampires, sorcières et revenants.*

Quant aux écrivains réalistes, ils y voient l'opportunité de rapprocher leur œuvre du récit de fait divers ou de la chronique historique.

Quelques auteurs de nouvelles

Au XIXe siècle, tous les grands auteurs s'essaient au genre de la nouvelle : Balzac (1799-1850) publie les Contes drôlatiques, *Stendhal (1783-1842)* Les Chroniques italiennes *et Mérimée (1803-1870) lui doit sa renommée. Maupassant est sans doute l'un des maîtres du genre. Il publie une quinzaine de recueils dont de nombreux textes sont édités auparavant dans les journaux* Gil Blas, Le Père Milon *ou* Le Gaulois.

● NOUVELLE OU CONTE ?

Qu'ils écrivent des récits fantastiques ou réalistes, les auteurs du XIXe siècle semblent employer presque indifféremment l'une ou l'autre dénomination : nouvelle* ou conte*. Ainsi, les titres des recueils de Maupassant comportent souvent le mot « *conte* ». Alors que le conte traditionnel est un récit qui renvoie à un univers où règne le merveilleux* dans lequel le conteur ne se préoccupe pas de rendre son récit plausible, la nouvelle, elle, se veut vraisemblable. Mais, dans un genre comme dans l'autre, on peut souvent lire, à travers les récits, une critique de la nature humaine et donc un propos de moraliste. Ainsi, dans « La Morte », Maupassant met en évidence le mensonge social.

Les Contes de la Bécasse *publiés en 1883 ou les* Contes du jour et de la nuit *publiés en 1885.*

● LA NOUVELLE, UN GENRE À PART ENTIÈRE

La nouvelle se distingue en tous les cas clairement du roman, qui connaît également un véritable âge d'or au XIXe siècle : dans un cadre spatio-temporel limité, l'action est resserrée, le nombre de personnages restreint. La rapidité du récit favorise les ellipses* ; descriptions et portraits sont réduits au minimum. Le lecteur est surpris par la *chute*, qui survient de manière soudaine et imprévisible. La narration est souvent conduite à la 1re personne. Mais le narrateur initial laisse parfois la place à un second narrateur : un personnage qui prend la parole au cours d'une réunion. Ce procédé du récit enchâssé* permet d'accroître l'effet de réel.

La découverte de la fin de la nouvelle invite souvent le lecteur à une relecture qui lui permet de donner aux événements un éclairage nouveau. Dans « Apparition », *par exemple, la découverte d'une mèche de cheveux le plonge dans l'hésitation alors qu'il aurait pu croire que le héros avait été victime d'hallucinations.*

Qu'est-ce que le fantastique ?

Le fantastique prend son essor au XIXe siècle dans différents arts : littérature, peinture, musique. Mais il côtoie si étroitement d'autres genres ou registres qu'il semble parfois difficile d'en définir les contours.

● L'INFLUENCE ÉTRANGÈRE

Dans les années 1800, les Français découvrent les œuvres des écrivains *anglais et allemands*. En Angleterre, le roman noir (ou gothique*) propose des histoires où pullulent les fantômes et les démons dans des décors de châteaux hantés. Mais ce sont surtout les *Contes fantastiques* de l'auteur allemand E.T.A. Hoffmann, qui sont traduits entre 1829 et 1833, qui connaissent un succès retentissant. Le succès est renforcé par la traduction des histoires extraordinaires de l'anglais Edgar Poe par Baudelaire en 1856.

Par exemple Faust *de Goethe en 1808 ou encore* Frankenstein *de Mary Shelley en 1818.*

C'est d'ailleurs le titre de ce recueil qui donnera son nom au registre « fantastique ».

● EN FRANCE

Les écrivains romantiques accueillent chaleureusement les écrits d'Hoffmann. Ils y voient l'opportunité de rompre avec les règles imposées par leurs aînés. À l'opposé du rationalisme des Lumières, les Romantiques* vont donc adopter cette fantaisie nouvelle et nourrir leurs récits d'éléments surnaturels*. L'on redécouvre également un pan de l'histoire nationale longtemps ignoré : le Moyen Âge. Théophile Gautier, l'un des plus illustres représentants de ce courant, publie de nombreuses nouvelles dont *Spirite* qui met en scène les amours d'un jeune homme et d'un esprit.

● L'HÉSITATION FANTASTIQUE

Le récit fantastique se caractérise par ce qu'on a pu appeler « l'hésitation fantastique ». Dans un cadre spatio-temporel réaliste, le héros se trouve confronté à l'irruption d'un phénomène terrifiant et inexplicable. Le narrateur, tout au long du récit, maintient une hésitation entre l'explication rationnelle du phénomène et son explication surnaturelle. Généralement, cette hésitation est prolongée au-delà du récit. Le phénomène terrifiant devient, notamment chez Maupassant, un moteur du récit. Il renforce l'incompréhension du héros face aux événements et accroît l'intérêt du lecteur.

Auteurs de contes et de nouvelles fantastiques

*De nombreux écrivains du XIX*e *siècle composent des contes et des nouvelles fantastiques comme Théophile Gautier* (« La Cafetière », *1831), Mérimée* (« La Vénus d'Ille », *1837). Même les maîtres du réalisme s'adonnent à ce genre : Balzac avec* La Peau de chagrin *(1831) et Maupassant avec* « La Peur » *(1882),* « Le Horla » *(1887)...*

Le fantastique vu par Maupassant

« Quand l'homme croyait sans hésitation, les écrivains fantastiques ne prenaient point de précautions pour dérouler leurs surprenantes histoires. [...] Mais quand le doute eut pénétré enfin dans les esprits, l'art est devenu plus subtil. L'écrivain a cherché les nuances, a rôdé autour du surnaturel plutôt que d'y pénétrer. Il a trouvé des effets terribles en demeurant sur la limite du possible, en jetant les âmes dans l'hésitation, dans l'effarement. Le lecteur indécis ne savait plus, perdait pied comme en une eau dont le fond manque à tout instant, se raccrochait brusquement au réel pour s'enfoncer tout aussitôt, et se débattre de nouveau dans une confusion pénible et enfiévrante comme un cauchemar. »

Maupassant, Chronique le fantastique, *1883.*

● SCIENCES ET LITTÉRATURE

Au XIXe siècle, les sciences et les techniques connaissent un développement sans précédent. La psychiatrie* apporte une nouvelle vision de l'être humain. Le développement de cette discipline s'accompagne de questionnements dont la littérature se fait écho. Ainsi, dans les récits fantastiques de Maupassant, le surnaturel* semble souvent être attribué à des hallucinations ou à la folie d'un individu. Les auteurs fantastiques s'emparent donc de ce phénomène. Dans « Qui sait ? », le héros est placé dans un univers qui est centre du questionnement sur la santé des citoyens la maison de santé. Le personnage confronté à des phénomènes surnaturels trouve alors la réponse dans la défaillance de son propre esprit.

Étape 1 • Observer le début d'une nouvelle fantastique

SUPPORT : « La Main », du début à « il était devenu indifférent à tous » (l. 154, p. 25)

OBJECTIF : Repérer le récit enchâssé, identifier le caractère réaliste du début d'une nouvelle fantastique.

As-tu bien lu ?

1 Quelle est la profession de M. Bermutier ?
☐ avocat ☐ magnétiseur ☐ juge d'instruction

2 De quelle affaire est-il question au tout début de la nouvelle ?
☐ l'affaire de St-Lazare ☐ l'affaire de St-Cloud ☐ l'affaire de St-Ouen

3 À quelle occasion M. Bermutier rencontre-t-il le mystérieux Anglais ?
☐ lors d'une promenade ☐ lors d'une soirée ☐ lors d'une partie de chasse

Le récit cadre*

4 a. Complète les phrases suivantes.
– On faisait . . . . autour de M. Bermutier.
– Depuis un mois, cet inexplicable crime affolait . . . .
– M. Bermutier, debout, le dos à . . . ., parlait.
– . . . . s'étaient levées pour s'approcher et demeuraient debout.

b. À ton avis, où se déroule cette scène ? Précise les lieux, les circonstances et les invités.

5 a. Complète le tableau suivant avec des mots ou des expressions exprimant les réactions physiques et les sentiments des femmes de l'assemblée.

Réactions physiques	Sentiments

b. Que peux-tu conclure quant à ce qu'elles ressentent ?

6 Quelle phrase, prononcée en chœur par les femmes, exprime leur désire d'entendre l'histoire de M. Bermutier ?

Le récit enchâssé*

7 Quelle expression lance le récit de M. Bermutier ?

8 M. Bermutier est surtout en charge d'affaires de vendetta. Quelle image des Corses le narrateur donne-t-il ?

9 Pour déterminer le travail du juge d'instruction, retrouve les phrases ou les parties de phrases qui correspondent à chacune de ses activités.

Se renseigner	Surveiller	Recueillir des informations	Rencontrer les suspects

La langue et le style

10 Quel est le pronom qui désigne les invités qui écoutent M. Bermutier dans le 1er paragraphe ? Quel effet provoque l'emploi de ce pronom ?

11 Quel groupe nominal désigne le groupe de femmes à deux reprises ? Quel effet provoque l'emploi de ce groupe nominal ?

12 Relève le champ lexical du fantastique.

13 M. Bermutier utilise les termes « causes normales » et « inexplicable ». Pourquoi leur sens s'oppose-t-il à celui des mots relevés dans la question 12 ?

Faire le bilan

14 En t'appuyant sur tes réponses, explique en quoi le début de ce texte est réaliste. Tu peux évoquer le cadre spatio-temporel, la profession du personnage principal.

15 Explique comment le début du récit prépare la suite fantastique. Tu peux t'appuyer sur les réactions des femmes, le vocabulaire employé et la présentation que fait M. Bermutier de l'histoire qu'il va narrer.

À toi de jouer

16 Tu es un journaliste chargé de la rubrique qui traite de la vie des personnes célèbres : rédige un article racontant la soirée du début de la nouvelle, en décrivant les lieux, les invités, l'atmosphère…

Étape 2 • Caractériser le narrateur-personnage d'une nouvelle fantastique

SUPPORT : « La Morte », du début à « Et j'attendis, cramponné au tronc comme un naufragé sur une épave » (l. 93, p. 15)

OBJECTIF : Comprendre comment le mode de narration permet d'installer l'hésitation fantastique.

As-tu bien lu ?

1 Qui est le narrateur ?

2 Combien de temps son histoire d'amour dure-t-elle ?
☐ un an ☐ cinq ans ☐ dix ans

3 Qu'est-il arrivé à la maîtresse du narrateur ?

4 Quelle est la réaction du narrateur par rapport au premier prêtre ?
☐ il l'embrasse ☐ il le remercie ☐ il le chasse

Un narrateur perdu

5 Le narrateur paraît avoir déjà perdu contact avec la réalité lors de sa relation amoureuse. Précise en quoi consiste cette perte des repères.

6 Le narrateur a oublié en partie ce qui s'est passé. Complète le tableau avec les phrases qui le prouvent.

Événements oubliés	Phrases exprimant l'oubli
Comment est morte sa maîtresse	« Je ne sais pas, je ne sais plus. »
Ce qui s'est passé pendant sa maladie	
Ce qu'ils se sont dit pendant sa maladie	
Ce qui se passe après son dernier soupir	
Ce sur quoi on le consulte pour l'enterrement	

7 Remets les phrases suivantes dans l'ordre pour reconstituer les actions accomplies par le narrateur après l'enterrement :
– Je marchai longtemps à travers les rues. – Je courus. – Puis je rentrai chez moi. – Le lendemain je partis pour un voyage. – Je me sauvai.

8 Qu'est tenté de faire le narrateur quand il revoit sa maison après son voyage ? Qu'est-ce que cela révèle sur son état d'esprit ?

Un décor propice à l'irruption du surnaturel

9 Le héros se retrouve au cimetière sans l'avoir décidé. Relève la phrase qui le précise.

10 Comment le héros qualifie-t-il son désir de passer la nuit dans le cimetière ? Pourquoi ?

11 Quelles sont les deux parties du cimetière ?

12 À quoi le cimetière est-il comparé ? Que suggère cette comparaison par rapport aux morts qui s'y trouvent ?

La langue et le style

13 « Un jardin, triste et superbe » (l. 89, p. 15) : quel procédé stylistique est employé ici ? Quel aspect du jardin met-il en valeur ?

14 Relis le passage l. 19 à 34 (p. 12-13).
a. Quel pronom, employé à quatre reprises, désigne les personnages non déterminés ?
b. Puis relève les déterminants associés aux médecins et aux prêtres.
c. Quel effet produit l'emploi de ce pronom et de ces déterminants ?

Faire le bilan

15 En t'appuyant sur tes réponses, explique en quoi le narrateur a tout pour être confronté à un phénomène surnaturel. Tu pourras évoquer sa perte de repères et son état dépressif.

16 Explique pourquoi le cadre spatio-temporel se prête à la manifestation d'un phénomène surnaturel.

À toi de jouer

17 Pendant son voyage, le narrateur écrit une lettre à un ami. Il lui raconte qu'il a rencontré une femme qui ressemble étrangement à sa maîtresse défunte. Rédige cette lettre en insistant sur les sentiments et les réactions du narrateur.

Étape 3 • Étudier une nouvelle à visée morale

SUPPORT : « La Morte », de « Quand la nuit fut noire... » (l. 94, p. 15) à la fin (p. 19)

OBJECTIF : Analyser la critique de la nature humaine.

As-tu bien lu ?

1 Quand le narrateur quitte-t-il son refuge ?

2 À quoi se compare-t-il ?

☐ à un mort ☐ à un vampire ☐ à un aveugle

3 Comment lit-il les noms ?

☐ à la lumière de la lune ☐ à l'aide d'un briquet ☐ avec les doigts

4 Où s'assoit-il ?

☐ sur une tombe ☐ sur un rocher ☐ sur un corps

Perdu au milieu des tombes

5 Que recherche le narrateur ?

6 Relis le passage l. 106 à 111 (p. 16) : combien de fois le narrateur emploie-t-il le mot « tombe » ? Quel effet produit cette répétition ?

« La cruelle, terrible et sainte vérité »

7 Quelle expression montre, qu'après la recherche, un événement se produit brusquement ?

8 Pour retrouver ce que fait le mort, Jacques Olivant, complète les phrases suivantes.

– Maintenant le mort aussi .... les choses écrites sur son tombeau.

– Puis il ramassa .... dans le chemin.

– Il se mit à .... les lettres avec soin, ces choses.

– Il les .... tout à fait.

– Lentement, il regarda de ses yeux .... la place où tout à l'heure étaient .... les inscriptions.

– Et il écrivit en lettres .... une nouvelle épitaphe (inscription gravée sur une tombe).

9 Quels sont les deux adjectifs qui expriment les qualités de Jacques Olivant sur sa croix ?

10 Complète le tableau et dis à qui Jacques Olivant a fait du tort.

Actes	Proches du mort
Il hâta par ses duretés la mort de...	
Il tortura...	
Il tourmenta...	
Il trompa...	

11 Qu'apprend le narrateur sur les origines de la maladie de sa maîtresse ?

12 Tous les cadavres sont sortis de leur tombe et corrigent les épitaphes. Quelle image Maupassant donne-t-il du genre humain au travers des morts et de leurs parents ?

13 Pourquoi peut-on dire qu'il s'agit d'un conte plutôt que d'une nouvelle ?

La langue et le style

14 Quel est le procédé stylistique employé l. 145 à 150 (p. 18) ? Répartis les mots ou les groupes de mots caractérisant les morts ou leurs actes selon leur classe grammaticale.

GN	Verbes (+ compléments)	Adjectifs

Faire le bilan

15 Explique en quoi cette nouvelle à une visée moralisante. Tu peux opposer les épitaphes aux textes écrits par les morts, le chagrin du narrateur à la tromperie de sa maîtresse et évoquer la complicité des parents des défunts.

À toi de jouer

16 Prépare un dialogue avec un autre élève, que vous présenterez en classe. L'un de vous défendra l'idée qu'il est préférable de mentir en certaines circonstances, l'autre qu'il vaut toujours mieux dire la vérité. Vous illustrerez vos arguments d'exemples précis.

Étape 4 • Analyser la chute d'une nouvelle fantastique

SUPPORT : « Apparition », de « Resté seul, j'eus, pendant quelques secondes » (l. 223, p. 37) à la fin (p. 38)

OBJECTIF : Caractériser la chute et comprendre comment le narrateur prolonge l'hésitation au-delà du récit.

As-tu bien lu ?

1 Combien de temps le personnage reste-t-il seul après le départ de l'apparition ?
☐ quelques secondes ☐ quelques minutes ☐ quelques heures

2 Quelle est sa première réaction ?
☐ il s'enfuit par la porte ☐ il hurle ☐ il court à la fenêtre

3 Que ressent le héros après avoir constaté que la porte est fermée ?

4 Que prend le héros avant de s'enfuir ?
☐ la brosse à cheveux ☐ des paquets de lettres ☐ un miroir

L'indice

5 Relis les lignes 238 à 246 (p. 37) et classe d'un côté le vocabulaire en rapport avec le surnaturel, de l'autre le vocabulaire en rapport avec les sens et l'état nerveux.

6 **a.** Quel est l'indice qui fait penser au héros qu'il a vraiment rencontré la femme de son ami ?
b. Quelle expression prouve qu'il est terrifié ?

7 Remets les phrases suivantes dans l'ordre où le héros effectue ces actions :
– Je me sentais trop ému, trop troublé, pour aller le jour même chez mon ami.
– Je lui fis porter ses lettres, dont il remit un reçu au soldat.
– J'appelai mon ordonnance.
– Je voulais mûrement réfléchir à ce que je devais lui dire.

L'hésitation

8 Que devient l'ami du héros à la fin de la nouvelle ?

9 La justice mène une enquête et se rend au château. Complète le texte suivant pour retrouver toutes les étapes de cette enquête.
Une .... fut faite du château abandonné. On n'y découvrit rien de .... Aucun .... ne révéla qu'une femme y eût été cachée. L'............. n'aboutissant à rien, les .... furent interrompues.

10 Quelles phrases prouvent qu'au moment où il raconte l'histoire, le héros ne peut toujours pas expliquer ce qui s'est passé ?

La langue et le style

11 Dans le passage l. 243 à 254 (p. 37-38), relève tous les verbes et justifie l'emploi de chacun des temps.

Faire le bilan

12 Complète le texte avec les mots suivants pour comprendre comment le récit maintient le principe d'hésitation : fantôme – hallucination – hésitation – indice – peur – rationnelle – revenant – surnaturel – vision
Le héros se trouve confronté à un phénomène............. : il voit apparaître un............. Il ressent une .... épouvantable et fuit. Il se demande alors s'il est victime d'............. ou s'il a vraiment aperçu un .... Plus tard, il remarque de façon accidentelle que des boucles de cheveux sont restées accrochées à ses boutons. C'est un .... qui pourrait lui laisser penser qu'il ne s'agissait pas d'une .... Toutefois, rien ne peut lui permettre de choisir entre explication............. et surnaturelle. Tout comme le lecteur, il se retrouve face à une ....

À toi de jouer

13 Imagine que tu es le héros de cette histoire et que quelques jours après avoir vu le revenant tu décides de retourner au château. Tu rencontres à nouveau le fantôme de la femme et tu engages un dialogue avec elle durant lequel tu lui demandes pourquoi elle continue à hanter ces lieux.

Étape 5 • Étudier un thème fantastique (I) : l'objet animé

SUPPORT : « Qui sait ? », de « J'aperçus au loin la masse sombre de mon jardin » (l. 92, p. 42) à « la dernière » (l. 187, p. 46)

OBJECTIF : Analyser les manifestations du surnaturel.

As-tu bien lu ?

1 À quoi le narrateur compare-t-il sa maison au début du passage ?

2 Depuis combien de temps rentre-t-il ainsi la nuit ?

3 Le narrateur est-il peureux habituellement ? Justifie ta réponse.

4 Le narrateur est armé. Quelle arme possède-t-il ?

La montée de l'angoisse

5 Que ressent le narrateur en s'approchant de sa maison ?

6 Remets les phrases suivantes dans l'ordre pour retrouver les différentes étapes de l'angoissante attente du narrateur :
– Je distinguais, à présent, un extraordinaire piétinement sur les marches de mon escalier.
– J'attendis encore, oh ! peu de temps.
– Puis bientôt, ces ronflements devinrent plus distincts, plus précis, plus reconnaissables.
– Oh ! je doutai, pendant un temps assez long encore, de la sûreté de mon oreille.
– J'attendis longtemps, ne pouvant me décider à rien, l'esprit lucide, mais follement anxieux.
– Puis soudain, honteux de ma lâcheté, je saisis mon trousseau de clefs.

La cavalcade des meubles et des objets

7 Relis la phrase l. 155 à 159 (p. 44) : qu'est-ce qui suggère que les bruits proviennent de tous les lieux de la maison ?

8 Quel verbe de perception introduit la description de la scène des meubles et objets en fuite ? Est-ce que les lignes qui le précèdent laissent soupçonner cette scène ? Justifie ta réponse.

La langue et le style

9 Relis le paragraphe l. 110 à 112 (p. 43) : toutes les phrases sont du même type, lequel ? Qu'est-ce que cela révèle sur l'état d'esprit du narrateur à cet instant ?

10 Le narrateur compare ses meubles et ses objets à des animaux. Complète le tableau suivant avec le nom des meubles et des objets qui correspondent. Quel effet ces comparaisons produisent-elles ?

Meubles et objets	Animaux
	Crocodiles
	Chèvres
	Lapins
	Cheval
	Fourmis
	Pieuvres

Faire le bilan

11 Complète le texte suivant en t'appuyant sur tes réponses précédentes.
Le narrateur rentre chez lui la ...., comme il le fait souvent depuis .... À mesure qu'il s'approche de sa maison, il est pris d'un .... bizarre, une sorte de ....
Il sent qu'il doit .... avant d'entrer dans sa maison, alors il s'assoit sur un .... Il avoue qu'il souffre souvent d'............. auditives, mais les bruits qui viennent de l'............. sont réels.
Après cette attente, il se décide à ouvrir sa .... et entend un véritable .... sur les marches de son escalier. Il aperçoit alors son .... sortir, suivi de tous ses meubles et objets comme des .... en fuite.

À toi de jouer

12 Raconte une scène du quotidien durant laquelle un objet va s'animer sous tes yeux. Tu insisteras sur la métamorphose de l'objet et sur tes sentiments.

Étape 6 • Étudier un thème fantastique (2) : les revenants

SUPPORT : « La Morte », « La Main », « Apparition »

OBJECTIF : Étudier les différents traitements d'un même thème.

As-tu bien lu ?

1 Qui est le revenant dans « La Morte » par rapport au narrateur ?
☐ son épouse ☐ sa sœur ☐ sa maîtresse

2 Qui est le revenant dans « Apparition » par rapport au héros ?
☐ une amie ☐ l'épouse d'un ami ☐ son épouse

3 Dans « La Main », à qui appartenait la main ?

Un phénomène effrayant

4 Retrouve les manifestations de revenants dans les trois nouvelles :
une main animée, un homme écorché, un fantôme de femme, l'esprit d'un procureur, le fantôme d'un jeune militaire, une défunte quittant sa tombe.

5 Relie les phrases suivantes au personnage qui leur correspond.

Bermutier ●	● Il voit apparaître une femme qui lui demande de la peigner.
Le marquis de la Tour-Samuel ●	● Il enquête sur un meurtre mystérieux dont le suspect est mort depuis longtemps.
Le narrateur de « La morte » ●	● Il aperçoit sa maîtresse sortie de sa tombe.

6 Qui est témoin du phénomène surnaturel ? Qui n'a que des indices ?

7 Les héros de ces histoires sont confrontés à la peur. Remplis le tableau en fonction des manifestations de cette peur.

Réaction du héros	Titre de la nouvelle
Il fait des cauchemars. Il entend des bruits et reste paralysé par la peur. Il veut répondre mais ne peut prononcer un mot.	

Des motivations différentes

8 Chacune des apparitions a ses propres motivations. Complète les phrases suivantes.
– Je souffre et j'ai besoin d'aide pour démêler mes cheveux : je suis le fantôme dans . . . .
– Je sors de ma tombe pour rétablir la vérité sur ma mort : je suis le fantôme dans . . . .
– Je reviens pour me venger de celui qui m'a mutilé : je suis le fantôme dans . . . .

La langue et le style

9 Relis le passage de « La Morte », l. 100 à 116 (p. 15-16).
a. Quelles remarques peux-tu faire concernant la ponctuation ? Qu'en conclus-tu par rapport à l'état du narrateur ?
b. Observe la longueur des phrases. Que remarques-tu ? Que peux-tu conclure au sujet du rythme de ce passage ?

10 Qui est le narrateur dans chaque nouvelle ? Qui est le héros ? Justifie ta réponse à l'aide des pronoms employés.

Faire le bilan

11 Explique comment les revenants sont un moyen de créer la terreur et comment ils influencent le cours de l'existence des vivants. Tu pourras parler des réactions des personnages pendant et après les apparitions et de l'hésitation entretenue à la fin du récit.

À toi de jouer

12 Lors d'une émission de télévision deux invités débattent : l'un donne une explication rationnelle aux événements de ces nouvelles, l'autre défend la thèse du surnaturel. Le troisième joue le rôle du présentateur, répartit la parole et équilibre les débats. Les deux intervenants doivent apporter des arguments à l'appui de leur thèse. Tu joueras cette scène avec deux camarades.

Étape 7 • Étudier le thème de la folie

SUPPORT : « Qui sait ? » (p. 33 à 55) et l'enquête (p. 82 à 94)

OBJECTIF : Analyser un thème caractéristique de l'univers de Maupassant et mettre en œuvre les connaissances acquises grâce à l'enquête.

As-tu bien lu ?

1 Où se trouve le narrateur au début du récit ?
☐ dans un hôpital ☐ chez lui ☐ dans une maison de santé

2 Quelle est la seule personne à connaître son histoire ?

3 Qui l'a envoyé dans ce lieu ?
☐ son épouse ☐ lui-même ☐ ses parents

La confusion du narrateur

4 Complète la phrase suivante pour trouver de quoi pourrait souffrir le narrateur, selon lui, s'il n'avait pas la certitude que les faits se sont réellement produits.
Si je n'étais sûr de ce que j'ai vu, je me croirais un simple ...., le jouet d'une étrange ....

5 À la fin de la nouvelle, quelle expression répétée trois fois montre l'affolement du narrateur à l'idée de revoir l'antiquaire ?

6 Pourquoi le narrateur pense-t-il que son témoignage devient suspect (l. 433-434, p. 55) ?

Le choix de l'enfermement

7 Selon toi, pourquoi le narrateur décide-t-il d'aller tout raconter au médecin qui dirige la maison de santé et non à un ami ? Justifie ta réponse.

8 **a.** Retrouve dans les deux propositions ci-contre la définition qui correspond à la maison de santé et celle qui correspond à l'hôpital au XIXe siècle.
– Établissement privé destiné à traiter les personnes de catégories sociales élevées atteintes de troubles mentaux. Les traitements sont souvent basés sur la personnalité du directeur.
Cette définition correspond à ....

– Établissement public accueillant un grand nombre de malades de toutes les conditions sociales. Il n'est pas spécialisé dans les troubles mentaux mais possède un service qui prend en charges ces patients. Cette définition correspond à ....
b. Pourquoi le narrateur se rend-il dans une maison de santé et non dans un hôpital ?

9 Quelle est la question du médecin après avoir interrogé le narrateur ? À ton avis, que pense le médecin au sujet de l'état de santé du narrateur ? Justifie ta réponse en t'aidant de l'enquête (p. 82 à 94).

La langue et le style

10 Au début du texte, quels sont les quatre adjectifs utilisés par le narrateur pour qualifier ce qui lui est arrivé ? Cherche leur définition et explique l'effet produit par cette succession d'adjectifs.

11 **a.** Quels sont les temps principaux employés dans le récit cadre* au début et à la fin de l'histoire ?
b. Quels sont les temps principaux employés lorsque le narrateur raconte son histoire ?
c. Explique pourquoi les temps ne sont pas les mêmes dans ces différentes parties.

Faire le bilan

12 En t'appuyant sur tes réponses et sur les informations de l'enquête, explique ce qui justifie l'enfermement du narrateur dans une maison de santé.

À toi de jouer

13 Le médecin de la nouvelle rencontre un de ses collègues et lui expose le cas du narrateur. Écris le dialogue entre les deux docteurs en précisant ce que le médecin pense de l'état de santé mental de son patient et les traitements qu'il compte appliquer.

Le double : groupement de documents

OBJECTIF : Comparer plusieurs documents sur le thème du double.

DOCUMENT 1 THÉOPHILE GAUTIER, *Le Chevalier double* (1840).

Edwige, l'épouse du comte Lodbrog, a été charmée contre son gré par un mystérieux étranger dont elle a un fils. Ce garçon, le jeune comte Oluf, est né sous le signe d'une étoile double, une verte et une rouge, signe de l'espérance et de l'enfer. En grandissant, l'enfant laisse apparaître une personnalité double, parfois belliqueuse, parfois douce. Un jour, se promenant en forêt, il fait une surprenante rencontre.

Un bruit de pas se fait entendre, et bientôt paraît au détour du chemin un chevalier monté sur un cheval de grande taille et suivi de deux chiens énormes. Vous l'auriez pris pour Oluf. Il était armé exactement de même, avec un surcot historié du même blason ; seulement il portait sur son casque une plume rouge au lieu d'une verte. La route était si étroite qu'il fallait que l'un des deux chevaliers reculât.

« Seigneur Oluf, reculez-vous pour que je passe, dit le chevalier à la visière baissée. Le voyage que je fais est un long voyage ; on m'attend, il faut que j'arrive.

– Par la moustache de mon père, c'est vous qui reculerez. Je vais à un rendez-vous d'amour, et les amoureux sont pressés, » répondit Oluf en portant la main sur la garde de son épée.

L'inconnu tira la sienne, et le combat commença. Les épées, en tombant sur les mailles d'acier, en faisaient jaillir des gerbes d'étincelles pétillantes ; bientôt, quoique d'une trempe supérieure, elles furent ébréchées comme des scies. On eût pris les combattants, à travers la fumée de leurs chevaux et la brume de leur respiration haletante, pour deux noirs forgerons acharnés sur un fer rouge. Les chevaux, animés de la même rage que leurs maîtres, mordaient à belles dents leurs cous veineux, et s'enlevaient des lambeaux de poitrail ; ils s'agitaient avec des soubresauts furieux, se dressaient sur leurs pieds de derrière, et se servant de leurs sabots comme de poings fermés, ils se portaient des coups terribles pendant que leurs cavaliers se martelaient affreusement par-dessus leurs têtes ; les chiens n'étaient qu'une morsure et qu'un hurlement.

Les gouttes de sang, suintant à travers les écailles imbriquées des armures et tombant toutes tièdes sur la neige, y faisaient de petits trous roses. Au bout de peu d'instants l'on aurait dit un crible, tant les gouttes tombaient fréquentes et pressées. Les deux chevaliers étaient blessés.
Chose étrange, Oluf sentait les coups qu'il portait au chevalier inconnu ; il souffrait des blessures qu'il faisait et de celles qu'il recevait : il avait éprouvé un grand froid dans la poitrine, comme d'un fer qui entrerait et chercherait le cœur, et pourtant sa cuirasse n'était pas faussée à l'endroit du cœur : sa seule blessure était un coup dans les chairs au bras droit. Singulier duel, où le vainqueur souffrait autant que le vaincu, où donner et recevoir étaient une chose indifférente.
Ramassant ses forces, Oluf fit voler d'un revers le terrible heaume de son adversaire. – Ô terreur ! que vit le fils d'Edwige et de Lodbrog ? il se vit lui-même devant lui : un miroir eût été moins exact. Il s'était battu avec son propre spectre, avec le chevalier à l'étoile rouge ; le spectre jeta un grand cri et disparut.
La spirale de corbeaux remonta dans le ciel et le brave Oluf continua son chemin ; en revenant le soir à son château, il portait en croupe la jeune châtelaine, qui cette fois avait bien voulu l'écouter. Le chevalier à l'étoile rouge n'étant plus là, elle s'était décidée à laisser tomber de ses lèvres de rose, sur le cœur d'Oluf, cet aveu qui coûte tant à la pudeur. La nuit était claire et bleue, Oluf leva la tête pour chercher sa double étoile et la faire voir à sa fiancée : il n'y avait plus que la verte, la rouge avait disparu.
En entrant, Brenda, tout heureuse de ce prodige qu'elle attribuait à l'amour, fit remarquer au jeune Oluf que le jais de ses yeux s'était changé en azur, signe de réconciliation céleste. – Le vieux Lodbrog en sourit d'aise sous sa moustache blanche au fond de son tombeau ; car, à vrai dire, quoiqu'il n'en eût rien témoigné, les yeux d'Oluf l'avaient quelquefois fait réfléchir. – L'ombre d'Edwige est toute joyeuse, car l'enfant du noble seigneur Lodbrog a enfin vaincu l'influence maligne de l'œil orange, du corbeau noir et de l'étoile rouge : l'homme a terrassé l'incube.

DOCUMENT 2 ITALO CALVINO, *Le Vicomte pourfendu,* trad. Juliette Bertrand, éd. Albin Michel, Paris, 1955.

Le narrateur raconte l'histoire du vicomte Médard de Terralba, son oncle, parti se battre contre les Turcs. Recevant un coup de canon à bout portant, son corps est coupé en deux. On ne retrouve que la moitié de droite qui est sauvée par les médecins. C'est ainsi, qu'il rentre chez lui avec ce demi-corps. Mais il est devenu méchant et est surnommé l'Infortuné. Quelque temps plus tard, l'autre moitié, la gauche, revient. On surnomme cet homme le Bon. Les deux hommes s'affrontent en duel. Pour pouvoir se déplacer, ils sont équipés de béquilles fixées à la ceinture, appelées compas.

À un certain moment, dans un corps à corps les deux gardes[1] se trouvèrent en contact : les pointes de compas étaient fixées dans le sol comme des herses. Avec un déclic de ressort, l'Infortuné se dégagea : déjà il perdait l'équilibre et roulait sur le sol quand il réussit un terrible coup de tranchant non pas exactement sur l'adversaire, mais presque. Un tranchant parallèle à la ligne interrompant le corps du Bon ; si proche que, tout d'abord, on ne comprit pas s'il avait passé en deçà ou au-delà. Mais nous vîmes bientôt le corps, sous le manteau, s'empourprer de sang de la tête à la hanche de sorte qu'il n'y eut plus de doute. Le Bon tomba, mais, dans sa chute, d'un geste quasi compatissant, il abattit lui aussi son épée tout près de son rival, de la tête à l'abdomen, entre le point où le corps de l'Infortuné n'existait pas et celui où il commençait d'exister. Et voilà que, lui aussi, le corps de l'Infortuné ruissela de sang tout le long de l'immense ancienne ligne de partage. Les coups de l'un et de l'autre avaient sectionné à nouveau les veines et rouvert des deux côtés la blessure qui les avait séparés. Voilà qu'ils gisaient sur le dos et que leurs sangs qui n'avaient été jadis qu'un même sang se mêlaient derechef[2] sur le pré.

Absorbé par cette effroyable vision, je ne faisais pas attention à Trelawney quand je m'aperçus que le docteur battait des entrechats de joie avec ses petites jambes de grillon et qu'il tapait dans ses mains en criant :

« Il est sauvé ! Il est sauvé ! Laissez-moi faire ! »

1. **Garde** : haut de la béquille fixé à la ceinture
2. **Derechef** : aussitôt

Au bout d'une demi-heure, c'est un unique blessé que nous ramenions au château sur une civière. L'Infortuné et le Bon étaient étroitement liés ensemble par un pansement : le docteur avait eu soin de faire coïncider tous les viscères et toutes les artères des deux côtés ; après quoi, à l'aide d'un kilomètre de bandes il les avait liés si étroitement qu'ils avaient l'aspect non pas d'un blessé mais d'un mort de jadis embaumé.
Mon oncle fut veillé pendant des jours et des nuits, pris entre la vie et la mort. Un matin, tandis qu'elle regardait ce visage traversé du front au menton par une ligne rouge continuant le long du cou, ce fut la nourrice Sébastienne qui déclara :
« Voilà ! Il a remué. »
En effet, un léger soubresaut avait agité le visage de mon oncle. Le docteur pleura de joie en voyant le soubresaut se propager d'une joue à l'autre.
À la fin, Médard ouvrit les yeux, les lèvres. Au début, son expression était égarée : il avait un sourcil froncé, l'autre détendu, le front plissé à droite et calme à gauche, la bouche souriait d'un coin, et découvrait, de l'autre, des dents grinçantes. Peu à peu, tout redevint symétrique.
« Maintenant, il est guéri », déclara le docteur Trelawney.
Et Paméla s'écria :
« J'aurai enfin un mari avec tous ses attributs. »

C'est ainsi que mon oncle Médard redevint un homme entier, ni méchant ni bon, mélangé de bonté et de méchanceté, c'est-à-dire un être ne différant pas, en apparence, de ce qu'il avait été avant d'être pourfendu. Mais il avait l'expérience de l'une et de l'autre moitié ressoudées : aussi devait-il être sage. Il eut une vie heureuse, beaucoup d'enfants, et gouverna avec justice. Notre vie aussi s'améliora. Peut-être nous attendions-nous à ce que le vicomte, redevenu entier, une ère de bonheur merveilleux s'ouvrît pour nous.

DOCUMENT 3 RENÉ MAGRITTE (1898-1967), *La Reproduction interdite,* peinture (1937). Rotterdam, Museum Boymans-van Berningen.

René Magritte est un peintre surréaliste belge. Ses tableaux sont souvent énigmatiques.*

As-tu bien lu ?

1 Quel est le point commun entre les scènes des documents 1 et 2 ?

2 Dans le document 1, quelle est la seule différence entre les armures des deux hommes ?
☐ la couleur de leur armure
☐ la couleur de leur bouclier
☐ la couleur de la plume sur leur casque

3 Dans le document 2, qui est blessé le premier ?

Un combat intérieur

4 **a.** Dans les deux textes, il s'agit de duels. Quels sont les combattants dans le document 1 et dans le document 2 ?
b. Quel personnage représente le bien et le mal dans chaque document ?

5 Les combats narrés dans chacun des documents sont violents. Dans le document 2, relève le terme qui qualifie le coup porté par l'infortuné. Pour le document 1, complète les phrases suivantes et dis ensuite ce que tu peux en conclure concernant les intentions des combattants.
Les épées faisaient jaillir des . . . .
On eût pris les combattants pour deux . . . .
Les chevaux . . . . à belles . . . . leurs cous veineux.
Les gouttes de . . . . faisaient des petits . . . . roses sur la neige.

6 Dans le document 1, relève deux éléments surnaturels.

7 Pourquoi, dans le document 2, le docteur Trelawney se réjouit-il lorsque les deux hommes sont blessés.

8 **a.** Dans le document 1, qui remporte la victoire ? Que devient le héros ?
b. Dans le document 2, qui remporte la victoire ? En t'appuyant sur le dernier paragraphe, explique quelle morale le texte propose en ce qui concerne la nature humaine.

Lire l'image

9 **a.** Quel objet suggère le thème du double dans le tableau ?
b. De quelle façon le double du personnage est-il représenté ?

10 Explique le titre du tableau.

11 Magritte est associé au courant surréaliste*. Cherche ce terme dans le dictionnaire et explique pourquoi ce tableau est surréaliste.

À toi de jouer

12 Imagine qu'un jour, en rentrant chez toi, tu t'aperçois qu'un personnage qui est ton double a pris ta place. Raconte cette scène et ta rencontre avec ce personnage. Tu tenteras de savoir d'où il vient et quelles sont ses motivations.

La folie inspire les écrivains fantastiques de la fin du XIXe siècle. En effet, après avoir mis en scène des phénomènes étranges extérieurs à l'homme comme les revenants, les démons, ils recherchent en l'homme les origines de ces phénomènes. Le fou, après avoir été un insensé sous l'Ancien Régime, devient un « aliéné », c'est-à-dire « un autre » et matérialise ainsi l'« inquiétante étrangeté ».

Les fous et la folie au XIXe siècle

L'ENQUÊTE EN 5 ÉTAPES

1 Quelle est l'histoire de la folie ?

La vision de la folie évolue au cours des siècles, et également la manière de traiter les « fous »...

Naissance de la « médecine de la folie »

C'est en Mésopotamie, environ 2000 ans avant Jésus-Christ, qu'on trouve les premières traces d'une médecine de la folie. Toutefois ce ne sont pas les médecins qui prennent en charge les fous mais les prêtres grâce à des procédés magiques : ils recourent aux plantes et surtout aux dieux et aux incantations afin de combattre le démon responsable de la maladie.

La théorie des humeurs

Selon Hippocrate[1], le corps est constitué des quatre éléments fondamentaux (air, feu, eau et terre) auxquels sont associées quatre humeurs : le sang, la lymphe, la bile jaune et la bile noire. À chacun de ces éléments correspond également une qualité : chaud, froid, sec et humide. Un déséquilibre entre ces humeurs provoque des sautes d'humeur ou des maladies. Cette théorie est encore appliquée par les médecins du XVIIe siècle comme le montre Molière dans ses pièces. Elle est également à l'origine du terme « mélancolie » qui signifie « bile noire ».

• LA FOLIE ET L'ANTIQUITÉ

Chez les Grecs, il n'y a pas de distinction entre maladie du corps et maladie de l'esprit. Les traitements sont donc identiques. Les principes de la médecine reposent sur la théorie des humeurs : quatre humeurs sont responsables du bon fonctionnement de l'organisme ou des maladies. Les remèdes sont principalement à base de plantes, de saignées[2], mais aussi de soins tels que les massages et les bains. La médecine grecque est introduite à Rome au Ier siècle avant Jésus-Christ, par l'intermédiaire du médecin Asclépiade. Celui-ci traite

1. Hippocrate : médecin grec (V-VIe siècle avant J.-C.) il fut le plus grand médecin de l'Antiquité.

2. Saignées : procédé qui consiste à laisser s'écouler du sang en coupant une veine. Elle est destinée à évacuer les mauvaises humeurs.

les maladies mentales en soignant ses malades dans des chambres claires, bien aérées, et en pratiquant lui aussi bains et massages.

● LA FOLIE ET LE MOYEN ÂGE

L'image du fou évolue au cours du Moyen Âge. Considéré non comme un malade mais comme quelqu'un de différent, il est plutôt bien traité. Dans les villages, la communauté doit le prendre en charge et le surveiller. Mais au XIe et XIIIe siècles, les villes grandissent et l'on voit de plus en plus de fous errants ; ceux-ci sont accueillis dans les « hôtels-Dieu », ancêtres des hôpitaux. Les traitements sont en partie hérités de l'Antiquité : décoctions, infusions, sirops, huiles, onguents, cataplasmes, emplâtres et hydrothérapie. Mais la foi chrétienne y ajoute le pèlerinage. Les traitements violents sont rares mais certains proposent qu'on fasse pleurer les malades en les effrayant ou en les battant à coups de fouet.
L'enfermement reste toutefois exceptionnel, il est réservé aux plus dangereux, coupables de meurtres.

« Quasimodo le Pape des Fous »,illustration de Perrichon pour Notre-Dame de Paris *de Victor Hugo.*

Le fou du roi

Au Moyen Âge, le fou est aussi porteur de vérité. Ainsi le (faux) fou du roi ou du prince avait le pouvoir de tout dire et lors de la fête des fous, héritage des saturnales antiques on assistait aux pires excès. Entre le 17 et le 23 décembre, on élit un « abbé des fous » et on fait ripaille dans les églises comme l'évoque Victor Hugo dans son roman *Notre-Dame de Paris*.

« L'Extraction de la pierre de folie », peinture de Jérôme Bosch (1450-1516), Musée du Prado, Madrid.

« Avoir une araignée au plafond ! »

Au XVIe et XVIIe siècles, on attribue parfois la folie à la présence d'un corps étranger dans la tête. Ainsi, les barbiers lors des foires opèrent les patients pour — soi-disant — leur retirer du crâne une pierre appelée « pierre de tête » ou « pierre de folie ». Il s'agit en fait d'une habile manipulation de la part du barbier. Selon les régions d'Europe, au lieu de pierre, on croit à la présence d'un insecte : guêpe, hanneton ou araignée. D'où l'expression « avoir une araignée au plafond » !

● LA FOLIE ET LA RÉVOLUTION

En 1791, la République lance une vaste enquête dans tous les hôpitaux généraux, les maisons de force et les dépôts de mendicité. Au terme d'« insensé » utilisé par l'Ancien Régime se substitue le terme plus commun de « fou ». On prévoit de créer une « maison de force, de gêne et de détention » dans chaque département et l'on ferme les établissements tenus par les religieux. Mais faute de moyens ces lieux ne seront jamais créés. En conséquence, les hôpitaux sont surpeuplés et les prix des maisons de santé privés augmentent de façon très importante et ne restent accessibles qu'aux plus riches. Les conditions d'enfermement deviennent insupportables : les fous dangereux et les inoffensifs se côtoient. Les plus violents sont enchaînés, parfois dans la cour !

2 Comment naît la psychiatrie au XIXe siècle ?

Avec les progrès de la biologie et de la physiologie, la médecine du XIXe siècle s'intéresse au domaine des maladies mentales. Des théories nouvelles apparaissent et l'on crée le mot « psychiatre » en 1802 et le mot « psychiatrie » en 1842 pour désigner ces nouveaux praticiens et cette nouvelle branche médicale.

● PINEL, LE PÈRE FONDATEUR

On considère Pinel (1745-1826) comme le fondateur de la psychiatrie* moderne. En 1793, il est nommé à la direction de l'hospice de Bicêtre où on lui attribue à tort le mérite d'avoir supprimé les chaînes auxquels les malades étaient attachés. Directeur de la Salpêtrière à partir de 1795, il expérimente ses théories et organise l'hospice comme une société patriarcale soumise à l'autorité bienveillante du médecin. Il rédige en 1801 le traité médico-philosophique qui fera date dans la psychiatrie.

● ESQUIROL, PARTISAN DE L'ENFERMEMENT

Le travail de Pinel est poursuivi par son élève Esquirol (1772-1840). Ce dernier, à l'origine de la loi de 1838 régissant le traitement des malades mentaux et les limitations de leur liberté, insiste sur la nécessité de l'enfermement des aliénés. Il pense que cela favorise la guérison et les empêche de nuire à la société. La loi de 1883 charge le psychiatre d'une responsabilité nouvelle : c'est lui qui décide si un accusé est responsable ou non vis-à-vis de la loi.

● CHARCOT INVENTE LA NEUROLOGIE MODERNE

Jean Martin Charcot (1825-1893) est le fondateur de la neurologie moderne[1]. Il s'intéresse particulièrement à l'hystérie[2] qu'il traite par l'hypnose, s'inspirant des théories de Mesmer. Il organise ainsi des séances publiques au cours desquelles il hypnotise des patientes afin de démontrer ses théories. Ces séances connaissent un succès retentissant et attirent le tout-Paris mais aussi ses confrères européens, parmi lesquels Sigmund Freud.

1. Neurologie : branche de la médecine qui étudie le système nerveux et ses maladies.

2. Hystérie : au XIXe siècle, troubles psychiques se manifestant par des malaises et des convulsions.

« Une leçon du docteur Charcot à la Salpêtrière » par Pierre André Brouillet (1857-1914), Musée d'Histoire de la Médecine , Paris.

• ET SIGMUND FREUD CRÉE LA PSYCHANALYSE

Sigmund Freud (1856-1939), médecin viennois, va, dans un premier temps, mettre en pratique la thérapie par l'hypnose mais il s'en désintéresse rapidement pour se tourner vers l'analyse des fantasmes[3] et des rêves des patients. Se rendant compte de résistances chez certains malades, il en trouve l'origine dans une partie du psychisme qu'il nomme « inconscient ». Freud crée alors une nouvelle pratique destinée à traiter les affections mentales : la psychanalyse*.

Des théories fantaisistes

En Italie, Cesare Lombroso (1836-1909) étudie les rapports entre génie, folie et crime. Se basant sur la forme du crâne, du nez et des oreilles, il crée la catégorie du criminel né pour lequel il établit un rapport avec le singe ou le lémurien !

3. Fantasmes : scènes imaginées par le patient qu'il désirerait vivre.

3 Où les fous sont-ils soignés au XIXe siècle ?

Au XIXe siècle, deux types d'établissements accueillent les aliénés : les asiles, structures publiques qui deviennent autonomes par rapport aux hôpitaux et les maisons de santé, privées, qui accueillent parfois les patients de la bonne société.

• LES ASILES PRENNENT LE RELAIS DES HÔPITAUX

Au début du siècle, les aliénés occupent un secteur de l'hôpital. Les plus réputés à Paris sont ceux de Bicêtre, la Salpêtrière et Charenton. De nombreux médecins imaginent des projets ambitieux pour construire des bâtiments destinés à accueillir les aliénés dans les meilleures conditions mais, faute de moyens, ces lieux ne verront jamais le jour. Malgré tout, lors de l'expansion économique du Second Empire, on agrandit des établissements existant et l'asile de Clermont-de-l'Oise, le plus grand

« Asile en Grande Bretagne », gravure de William Hogarth (1697-1764).

de France compte 1465 internés en 1874. En 1864, on recense 104 asiles d'aliénés en France. Mais en raison du grand nombre de patients et du principe d'enfermement les asiles n'ont aucun effet curatif.

● VERS PLUS DE LIBERTÉ

À l'origine, l'ordre est strict : lever à 6 heures ou 6 heures 30 et les aliénés ne doivent pas rester un instant inoccupés. Le travail s'alourdit et l'application à la tâche devient même un critère de sortie. Puis on crée les colonies agricoles où les patients continuent à travailler mais en plein air. Lorsque l'on constate que l'asile est devenu une « camisole de pierre », néfaste à l'amélioration de l'état des malades, on assouplit progressivement le régime d'enfermement à la fin du siècle. Les aliénés sont autorisés à recevoir autant de visites qu'ils le désirent, ils ont des congés et des autorisations de sorties.

● LES MAISONS DE SANTÉ

L'alternative est représentée par les maisons de santé. Ce sont de petits établissements privés dirigés par des médecins charismatiques qui dirigent leur maison comme une pension de famille. On y trouve souvent des patients de milieux aisés. La maison du docteur Esprit Blanche est sans doute la plus réputée. Le docteur Blanche reprend la clinique créée par son père et applique les principes philanthropiques. Il est à la fois le médecin, le confident et l'autorité morale des aliénés. Il joue de son autorité pour tenter de mettre les patients sur le chemin de la guérison. Les malades se promènent dans le parc de la grande maison de Passy. Il reçoit même certains patients prestigieux : Eugène Hugo (frère de Victor), Nerval et Maupassant.

L'asile ne guérit pas !

Le principal problème des lieux d'accueil des malades au XIXe siècle est qu'il existe très peu de moyens ou de méthodes thérapeutiques. Les statistiques sont extrêmement révélatrices. Les rapports commandés par l'administration font état d'un pourcentage de guérisons particulièrement faible : à peine plus de 8 % des patients pour la période de 1856 à 1860 et environ 7 % en 1874. Bien souvent, les patients considérés comme guéris sont en réalité à peine un peu mieux qu'« améliorés ». Ajoutons à cela une mortalité impressionnante : plus de 50 % des malades meurent à l'asile d'affaiblissement, de maladies et de vieillesse.

Quels sont les traitements ?

Au cours du XIXe siècle, les traitements évoluent en fonction des théories en vigueur et tendent à se faire moins violents sous l'influence du courant de pensée « moral et philanthropique[1] ». C'est l'apparition du « traitement moral ».

● LES TRAITEMENTS DE FORCE

Durant le premier quart de cette période, on utilise fréquemment les bains surprise qui consistent à plonger un fou enfermé dans un sac dans une rivière ou la douche dite de feu : on douche le patient à la pompe à incendie. Les patients les plus dangereux sont soumis à la camisole de force, vêtement de contention inventé à l'hôpital Bicêtre à la fin du XVIIIe siècle, ou aux « bricoles », liens utilisés pour attacher le patient à son lit ou à sa chaise. Certains médecins pratiquent fréquemment l'intimidation en menaçant les malades.

La fin du siècle voit ressurgir les électrochocs[2], inventés au XVIIIe siècle, dès que l'électricité est découverte.

« Aliéné enchaîné à Bedlam », illustration anonyme de 1838.

● QUELQUES REMÈDES

Les remèdes ont, en fait, peu évolué depuis l'Antiquité ! Les thérapies reposent sur les vomitifs, l'huile de ricin, les bains, les régimes alimentaires stricts, les purgatifs à l'eau d'orge. Mais on pratique également de façon importante la saignée par des sangsues (5 à 6 millions de sangsues sont

1. Philanthropique : qui s'emploie à améliorer la condition des autres hommes.

2. Électrochoc : traitement qui consiste à envoyer des décharges électriques au patient afin de diminuer les crises.

utilisées dans les hôpitaux parisiens de 1827 à 1836). Toutefois, certains médecins utilisent le magnétisme*.
Le soignant déclare faire passer chez le malade un flux magnétique par les mains ou grâce à des appareils électriques.
Ceci reste peu efficace et l'on a coutume de dire qu'on entre sain à l'hôpital et qu'on y devient fou sous l'effet des traitements inhumains et du voisinage des autres malades.

• LES PRINCIPES NOUVEAUX

Sous le Second Empire (1852-1870), la musique fait partie du traitement dit «moral et hygiénique» qui repose sur trois principes : travail, distraction et dialogue avec le médecin qui est plus un directeur de conscience qu'un psychologue*.
Dans les hôpitaux les hommes travaillent en atelier, font de la maçonnerie ou travaillent la terre. Les femmes font de la couture. Les journées de travail peuvent durer jusqu'à dix heures.
À la fin du siècle, certains praticiens tentent de s'attaquer à la matière cérébrale elle-même. En 1888, l'aliéniste suisse Burckhardt opère des patients et leur retire de la matière grise sans constater pour autant le moindre résultat.

Illustration de Paul Balluriau (1860-1917) pour « L'Assiette au Beurre », 1901.

L'alcoolisme

Au XIXe siècle, l'industrialisation entraîne un important accroissement de la population d'ouvriers dans les grandes villes. Le principal loisir de ces ouvriers reste le cabaret et l'alcoolisme fait des ravages comme en témoignent les romans d'Émile Zola. La psychiatrie s'intéresse à ce phénomène et les internements pour cause de « délire alcoolique » passent de 7 % des patients en 1825 à 25 % après 1850 ! Toutefois, on assiste à de tels abus que des établissements spéciaux sont créés.

5 Quels sont les fous célèbres au XIXe siècle ?

On a souvent rapproché le génie de la folie. Sans doute parce que dans un cas comme dans l'autre, on échappe à la norme. Toutefois, si une telle affirmation peut sembler discutable, l'on peut constater que les artistes ou leur entourage n'échappent pas, ainsi que le commun des mortels, à ce mal.

● GUY DE MAUPASSANT (1850-1893)

Guy de Maupassant vient au monde dans une famille marquée par la maladie mentale : sa mère souffre de crises nerveuses et son frère est interné à plusieurs reprises avant de mourir fou en 1889. Il est atteint de violentes névralgies[1] dès 1881 et pour se soulager respire de l'éther. Il s'épuise au travail et contracte la syphilis, une maladie vénérienne. Son humeur devient changeante et il est victime de crises d'angoisse et d'hallucinations : il croit voir son double !

Maupassant est conscient de son état et au cours d'une crise, dans la nuit du 1er au 2 janvier 1892, il tente de se suicider. Interné le 6 janvier à Passy, dans la clinique du docteur Blanche, il y meurt le 6 juillet 1893.

● LE FRÈRE ET LA FILLE DE VICTOR HUGO

La famille de Victor Hugo est durement touchée par la folie. Son frère aîné Eugène, est secrètement amoureux de la femme que le poète s'apprête à épouser, Adèle Foucher. Le jour des noces, il est pris d'une crise de folie et est interné. Il sortira, sera changé d'asile puis à nouveau interné jusqu'à sa mort en 1837.

Quelques années plus tard, c'est sa fille, Adèle, qui sombre dans la folie. Atteinte de mythomanie, elle est persuadée qu'un jeune homme veut se marier avec elle. Lorsque celui-ci quitte l'île de Guernesey où il réside, elle s'enfuit de chez elle et le poursuit à La Barbade puis au Canada. Après avoir réussi à la ramener en France, Hugo la place dans un asile à Charenton dont elle ne sortira plus.

1. **Névralgies :** maux de tête.

• NERVAL LE RÊVEUR (1808-1855)

Gérard de Nerval, de son vrai nom Gérard Labrunie, est l'un des écrivains les plus doués de sa génération. Il est l'ami des plus grands, Gautier, Dumas, Hugo et publie une traduction très remarquée de la pièce de Goethe, *Faust*. Un soir de février 1841, alors qu'il dîne avec des amis, ceux-ci le trouvent très exalté et en proie à des hallucinations. Plus tard, on le retrouve nu sur la voie publique. Au matin, il est conduit dans la maison de santé de Madame Sainte-Colombe et y reste deux semaines. On diagnostique, sans certitude, une méningite[2].

Le 21 mars, à la suite d'une nouvelle crise, Gérard de Nerval est emmené chez le docteur Esprit Blanche qui diagnostique une mélancolie et le déclare incurable. Toutefois, Nerval sort le 21 novembre. Il fait d'autres séjours dans la maison du docteur Blanche. Les livres de Nerval, mêlant rêves et réalité sont la preuve d'un esprit à part. Conscient de son état, il ne cesse d'exploiter sa vision du monde très particulière dans sa création littéraire. Le 26 janvier 1855 au matin, on le retrouve pendu à une grille.

• VAN GOGH (1853-1890)

Après avoir vécu à Paris, Van Gogh s'installe à Arles, en Provence, en 1888 pour trouver la lumière du sud. Il est rejoint par son ami, le peintre Paul Gauguin. Le 28 mars de la même année, lors d'une dispute violente avec ce dernier et en proie au délire, Van Gogh tente de le tuer. Puis il se coupe le lobe de l'oreille gauche avant de l'offrir à une prostituée. Il réalisera plusieurs autoportraits, se représentant un bandage sur la tête. Il est soigné à Saint-Rémy-de-Provence par le docteur Rey dont il peint le portrait.

Puis Van Gogh quitte Saint-Rémy pour Auvers-sur-Oise pour être confié aux soins du docteur Gachet qu'il peindra également. Il y passe les soixante-dix derniers jours de sa vie.

« Autoportrait à l'oreille coupée », Vincent Van Gogh (1853-1890) peinture, 1889, Courtauld Institute, Londres.

2. Méningite : inflammation des méninges, les membranes qui enveloppent le cerveau.

etit lexique

Conte Genre littéraire à visée moralisante, dont l'histoire se déroule parfois dans un univers merveilleux.

Ellipse Procédé narratif qui consiste à passer sous silence certains événements dans une histoire.

Gothique (roman) Adjectif relatif aux récits mettant en scène des revenants et des décors moyenâgeux.

Magnétisme Propriété de la matière vivante qui la rendrait sensible à l'influence des corps célestes et des corps qui l'environnent.

Merveilleux Genre littéraire dont les récits mettent en scène des phénomènes surnaturels admis comme étant naturels.

Nouvelle Récit court dont l'intrigue est resserrée et les personnages sont peu nombreux.

Point de vue C'est l'angle selon lequel le narrateur donne à voir l'histoire. Il peut être interne, externe ou omniscient.

Psychanalyse Méthode de psychologie consistant en l'analyse des processus psychiques profonds et inconscients.

Psychiatrie Domaine de la médecine spécialisé dans l'étude et le traitement des maladies mentales.

Psychologie Étude du comportement et du caractère.

Récit cadre Récit qui débute une histoire et présente la situation et les personnages dont certains racontent leur histoire dans le récit enchâssé.

Récit enchâssé Récit dans lequel un personnage présenté dans le récit cadre prend la parole pour raconter son histoire.

Romantiques Artistes appartenant au courant du romantisme qui exalte le «moi» et l'expression des sentiments.

Surnaturel Regroupe les phénomènes qui échappent aux lois de la nature.

Surréalistes Artistes appartenant au courant du surréalisme au XXe siècle. Ce courant veut libérer la création des conventions sociales et de la logique et leur oppose l'imagination et le rêve.

À lire et à voir

• DES LIVRES ET DES FILMS POUR EXPLORER LE GENRE FANTASTIQUE

Faust (1808), Goethe, Librio, 2004
Frankenstein ou le Prométhée moderne (1818), Mary Shelley, Gallimard, 2006
Dracula (1897), Bram Stocker, Flammarion, 2006
L'étrange Cas du Dr Jekyll et de Mr. Hyde (1886), Robert Louis Stevenson, Pocket, 2006

Nosferatu, de Murnau (1921)
Le Bal des Vampires de Roman Polanski (1967)
Dracula, de Francis Ford Coppola (1992)
Les Autres, d'Alejandro Amenabar (2001)
Twilight, de Catherine Hardwicke (2008 et 2010)

• INTERNET ET LE FANTASTIQUE

http://www.mesexercices.com/exercices/exercice-culture-2/exercice-culture-29116.php

Table des illustrations

2	ph © Heritage images/Leemage
7, 8	ph © Archives Hatier
17, 51	Coll. Kharbine-Tapabor
80	© Photothèque R. Magritte/© Adagp, Paris 2010
84	Coll. Jonas/Kharbine-Tapabor
86, 88	ph © Josse/Leemage
89	ph © Plate VIII from A Rake's Progress, 1735/Hogarth/Collection privée : Bridgeman-Giraudon
91, 92	Coll. Kharbine-Tapabor
94	ph © Heritage images/Leemage
56 à 81	ph © Archives Hatier

Iconographie : Hatier Illustration
Principe de maquette : Marie-Astrid Bailly-Maître & Sterenn Heudiard
Suivi éditorial : Brigitte Brisse et Mathieu Soulas
Illustrations intérieures : Lilao
Mise en pages : CGI

Achevé d'imprimer par Maury-Imprimeur à Malesherbes (France)
Dépôt légal : 94330-0 / 01 - août 2010 - N° d'imprimeur : 157262